प्रमिला (दूसरा भाग)

AF759278

रेणु प्रसाद

Made with ♥ on the Notion Press Platform
www.notionpress.com

प्रमिला

(दूसरा भाग)

लेखिका

रेणु प्रसाद

क्रम-सूची

प्रस्तावना

सबसे पहले मैं अपने उन सभी पाठकों के प्रति हार्दिक आभार व्यक्त करना चाहूँगी जिन्होंने **प्रमिला** को अपार स्नेह दिया और उनका यही स्नेह मेरे लिए प्रमिला भाग -2 लिखने की प्रेरणा बना|

प्रमिला के जीवन में है ही इतना बिखराव कि उसको 35000 शब्दों में समेटना उसके प्रति नाइंसाफी होती | उसको गढ़ते-गढ़ते मैं उसमें इतना रम गयी कि उसके मन के अनछुए पहलुओं को भी महसूस कर सकी |

प्रमिला..... जिसका जीवन शुरू से ही उलझनों और समस्याओं के ताने- बाने में ही उलझा रहा ,जितना वह खुद को निकालने की कोशिश करती है उतना ही उलझती जाती है | एक समय ऐसा भी आता है कि निराशा के भंवर में डूबती उतराती अंतद्र्वंद में घुटने लगती है लेकिन हार न मानते हुए पूरी शक्ति के साथ अपने को बाहर निकाल लेती है | फिर पीछे मुड़ कर नहीं देखती है |

प्रमिला के दूसरे भाग में मेरी कोशिश यही रही है कि जीवन के ताने-बाने की उलझनों से जूझते हुए जब प्रमिला बाहर निकले तो एक योद्धा की तरह , जिसमें जीवन के प्रति गहरी आस्था हो |

वह इस सकारात्मक सोच के साथ ऊपर उठे कि जीवन तो है ही उलझनों का जाल, लेकिन यह हमारा दायित्व है कि उलझनों को पूरी तरह से पीछे धकेलते हुए अपने मार्ग की खोज करें न कि निराश हो कर कोई गलत कदम उठा लें | जीवन बड़ा ही सुन्दर और अमूल्य उपहार ईश्वर द्वारा हमें मिला हुआ है | इसलिए इसको अतिरिक्त साज-सम्भार की आवश्यकता है |

जीवन की सार्थकता पाने में नहीं देने में है | जीवन में हर जगह नाम ,शोहरत , पैसा ,इज्जत पाने की होड़ लगी है | इनका हमारे जीवन में अवश्य एक अलग स्थान है पर ये हमारे जीवन को कामयाब बनाते हैं ,सफल बनाते हैं, सार्थक नहीं | जीवन अर्थपूर्ण तभी कहलाता है जब हमें अपने सृजन के 'क्यों' का ज्ञान होता है और हम अपने स्व से ऊपर

उठकर परहित में लग जाते हैं |

1

अंतहीन सफ़र की ओर

जी हाँ, यह सफ़र अंतहीन सफ़र ही तो था| जिस सफ़र का कोई लक्ष्य नहीं, जिस सफ़र के गंतव्य का पता नहीं, वह अंतहीन ही तो था , बस मन ने कुछ सोचा और निकल गए | ऐसा मुसाफिर दिग्भ्रमित होकर मार्ग और मंजिल के बीच ही झूलता रह जाता है |

पम्मी भी तो ग्लानि में आकर अचानक घर छोड़ने का निर्णय ले कर बाहर निकल चुकी थी पर उसे भी नहीं पता था कि कहाँ जाना है ,किसके यहाँ जाना है | वह वास्तव में दिग्भ्रमित ही तो थी| खैर, अभी तो ट्रेन में वह सो रही थी और नागपुर स्टेशन आनेवाला था |

"आंटी ...आंटी ...उठिए नागपुर स्टेशन आने वाला है ...रूचि ,जो इस यात्रा में कुछ घंटों की सहयात्री थी, पम्मी को जगाते हुए अपना सामान समेटने में लग गयी |"

आवाज सुनते ही पम्मी हड़बड़ा कर उठ बैठी और उनींदी आवाज में पूछ बैठी –"और कितनी देर है नागपुर पहुँचने में ?"

"बस दस मिनट में हम पहुँच जाएंगे".....अब तक उसने अपना सारा सामान समेट लिया था | उसने अपने बच्चे को गोद में उठाकर उसे अच्छी तरह शाल ओढ़ाते हुए कहा ...... "आंटी आप भी सामान समेट कर रेडी हो जाइए... मैं आगे दरवाजे के पास जा रही हूँ क्योंकि मुझे बच्चे के साथ भीड़ में उतरने में दिक्कत हो जाएगी ...."

और वह बाएँ हाथ से कंधे पर सिर रखे सोते हुए बच्चे को संभाले और दाहिने हाथ से अपने सूटकेस और बैग को खींचती हुई दरवाजे की ओर

बढ़ गयी |

"ठीक है "..... कहती हुई पम्मी ने अपना सामान ठीक किया| सामान ही कितना था ले-दे कर एक एयर बैग ही तो था | अपने खुले अस्त -व्यस्त बालों को बैक -पिन से समेटते हुए उसके पीछे चल पड़ी |

ट्रेन के स्टेशन पर रुकते ही कुली ..कुली का शोर सुनाई पड़ने लगा | ट्रेन से उतरते ही रूचि ने कुली को आवाज लगाई एक कुली भागता हुआ आया और रूचि को देखते बोला – "नमस्ते दीदी ,इस बार काफी दिनों के बाद नागपुर आना हुआ लगता है |"

"हाँ रामू , करीब दो साल बाद आना हुआ है | बच्चा छोटा है न इसलिए दिक्कत होती है और तुम बताओ, कैसे हो ?" अपना सामान उसकी ओर बढाते हुए रूचि ने कहा |

"मैं कैसा रहूँगा दीदी ? कोरोना के कारण तो सब ठप्प पड़ गया था .... अब जाके तनिक ठीक हुआ है .." उसने सर पर सूटकेस रखते हुए और बाएँ कंधे पर बैग को संभालते हुए कहा |

"अरे आंटी, आप ऐसे चुप क्यों खड़ी हैं ..अपना बैग भी इसको दे दीजिये न ....मेन गेट तक पहुँचने में कितनी सीढियां चढ़नी और उतरनी पड़ेंगी आपको अंदाजा नहीं है ...रामू ये बैग भी ले लो " पम्मी जबतक कुछ सोच पाती रूचि ने उसके हाथ से बैग लगभग खींचते हुए रामू को पकड़ा दिया और पम्मी का हाथ पकड़ते हुए कहा- "चलिए आंटी |"

स्टेशन से बाहर निकलने में जो दस मिनट लगे उस पूरे समय में रुचि लगातार बोलती रही –

"जानती हैं आंटी, यहाँ स्टेशन पर मुझे रामू मिल जाता है न तो निश्चिन्त हो जाती हूँ | सामान की कोई फ़िक्र ही नहीं रहती| ये संभाल के गाड़ी तक पहुंचा देता है ...पहले भी जब- जब मैं छुट्टियों में होस्टल से घर आई तो एक दो बार इसी ने सामान उठाया था, बस फिर क्या था जान- पहचान हो गयी ...अब तो स्टेशन पर देखते ही दौड़ा चला आता है ...मजाल है कोई दूसरा कुली मेरे लगेज को हाथ भी लगा ले | मेरे घरवाले भी इसे पहचान गए हैं |"

"दीदी, लीजिए आपका सारा सामान ..देख लीजिये |" रामू की बात सुनकर ही उसका धाराप्रवाह बोलना रुका |

"ठीक है, रामू जरा देखो न पापा गाड़ी भेजने वाले थे, वह आई है कि नहीं ."

"अरे दीदी, वो देखिए कोने में आपकी गाड़ी लगी हुई है ...आपने शायद ध्यान से देखा नहीं .....सामान वहां ले जाकर डिक्की में जमा दें क्या ?"

"अरे, इसमें पूछना क्या ....ड्राइवर अंकल की भी हेल्प ले लो |"

"और आंटी, आप हमारे साथ चलिए ...आपको आपके पते पर ड्रॉप कर देंगे ...आप पहली बार आईं हैं न आपको परेशानी होगी |" उसने पम्मी की ओर देखते हुए कहा |

पम्मी ने हिचकिचाते हुए कुछ कहना चाहा उसके पहले ही वह बोल पड़ी – "मैं कुछ नहीं सुनूँगी ...आप हमारे शहर में आईं है तो हमारी मेहमान हुईं सो इतना तो हक़ मेरा बनता है ..."और उसका हाथ पकड़ लगभग खींचते हुए गाड़ी तक ले जाने लगी |

"ठीक है भई, चल रही हूँ .....हाथ तो छोडो " पम्मी के कहते ही रूचि का चेहरा खिल उठा और उसने उसका हाथ छोड़ दिया और रामू को पुकारकर पम्मी का भी बैग गाडी में रखने को कह दिया|

सारा सामान रखे जाने के बाद रामू को उसका मेहनताना देने लगी |उसे 250 रूपये देकर वह आगे बढ़ी तभी रामू ने कहा- दीदी एक मिनट रुकिए...भांजे को पहली बार देखा है न उसे जरा आशीर्वाद दे दूँ ...और वह गोलू के हाथों में 50 रुपये का नोट पकड़ाने लगा |

"ये क्या कर रहे हो रामू ..ये ठीक नहीं है |"

"दीदी ,अगर आप मुझे अपना समझती हैं तो मना नहीं करेंगी |"

अब रूचि के पास कुछ कहने को नहीं था | वह चुप रह गयी और आगे बढ़ गयी |

'अजीब लड़की है आजकल तो लोग जान- पहचान वालों के साथ इतनी आत्मीयता नहीं दिखाते जितनी ये कुछ घंटों की पहचान पर दिखा रही है ....पता नहीं क्या इरादा है ...वैसे दिखती तो भले घर की है और बातों में भी कहीं बनावटीपन नहीं है ....चलो मुझे क्या... मुझे रश्मि के घर पर ड्रॉप कर देगी उसके बाद वो अपने रास्ते और मैं अपने|'....सोचती हुई पम्मी गाड़ी में जा बैठी |

"आंटी आपको जहां जाना है उसका पता ड्राइवर अंकल को बता दीजिए |"

पम्मी ने बैग से एक कागज़, जिस पर पता लिखा था, निकालकर उसको थमा दिया | ड्राइवर ने गाड़ी को उसी रास्ते पर बढ़ा दिया | करीब 15 मिनट के बाद गाड़ी उस पते के सामने खड़ी थी | ड्राइवर गाड़ी से उतरकर घर के सामने के गेट को खोलकर अन्दर गया लेकिन यह क्या ?बंद दरवाजे पर ताला लटक रहा था |

लौट कर जब ड्राइवर ने यह बात बताई तो पम्मी थोड़ी परेशान हो गयी पर चेहरे से जाहिर नहीं होने दिया | इस बात की थोड़ी आशंका तो उसे थी क्योंकि वह रश्मि को बिना बताए आ गयी थी|

"कोई बात नहीं मैं कॉल कर लेती हूँ उसे कि अभी वह कहाँ है और कितनी देर में लौटेगी" –कहकर पम्मी फोन लगाने लगी | फोन भी नहीं लग रहा था कभी बिज़ी तो कभी आउट ऑफ़ रीच बता रहा था |

तब तक ड्राइवर उसके पडोस वाले घर से जानकारी ले आया था कि यहाँ रहनेवाले दो महीने पहले नयी जगह शिफ्ट कर गए है लेकिन कहाँ? इसकी जानकारी उन्हें नहीं |

पम्मी को काटो तो खून नहीं...इतने बड़े अनजान शहर में वह कहाँ जाए और किसके पास जाए ..उसे अपने ऊपर गुस्सा भी आ रहा था कि बिना सोचे समझे और बिना जानकारी के वह नागपुर क्यों चली आई ?उसकी घब्रराहट उसका चेहरा बयान कर रहा था ,वैसे वह अपने को मजबूत दिखाने की कोशिश कर रही थी |

किसी तरह गले में थूक निगलते हुए उसने ड्राइवर से कहा - "भैया ,अगर आस-पास कोई होटल है तो वहां ले चलो और कोई चारा भी नहीं है |"

"क्यों चारा नहीं है और आप होटल में क्यों रुकेंगी ?आप हमारे यहाँ चलिए |"

"नहीं....नहीं तुम्हारे यहाँ कैसे जा सकती हूँ ? तुम मेरे बारे में क्या जानती हो ?...और हमारी तो बस कुछ घंटों ही की जान पहचान है .....ऐसे में कैसे ..."

"ऐसे में क्या ....एक दूसरे को जानने के लिए महीनों और वर्षों की जरूरत नहीं ....मैं जानती हूँ आप कोई गलत इन्सान नहीं है और न मैं गलत ..आपसे मिलकर बस अच्छा लगा इसलिए कह रही हूँ ....ड्राइवर अंकल, गाड़ी घर की ओर मोड़ लीजिए ...आंटी हमारे साथ चल रही हैं।"

"जिद मत करो मैं वापसी की ट्रेन से लौट जाऊंगी ....मुझे स्टेशन ही छुड़वा दो।"

"ऐसे कैसे आप हमारे शहर से चली जाएंगी। बस यूं सोच लीजिए कि आप मेरी मेहमान है ...फिर अपने बेटे की ओर देखते हुए कहा – क्यों गोलू ठीक कह रही हूँ न .....उसकी बात को गोलू ने कितना समझा लेकिन खिलखिलाकर कर हंस पड़ा .....देखिए ...देखिये आंटी, गोलू ने भी हंस कर हामी भर दी है।"

अब पम्मी भी मुस्कुराए बिना नहीं रह सकी और यह उसकी मौन स्वीकृति को दर्शा रहा था।लगभग 10 मिनट के बाद एक बंगले के सामने गाड़ी जाकर रुकी। ड्राइवर डिक्की से सामान निकालने में व्यस्त हो गया।

रूचि बच्चे को संभालते हुए नीचे उतरी और दूसरी ओर जाकर दरवाजा खोलकर पम्मी को उतरने को कहा – "आइए न आंटी ...घबराइए नहीं ...अपना ही घर समझिये। मम्मी -पापा से मिलकर आपको और भी अच्छा लगेगा।"

"तब गोलू.... आज पहली बार नाना- नानी से मिलेगा ... नाना बोलो बेटा ना ..ना" वह बच्चे से बात करती गेट खोलकर अन्दर दाखिल हुई।

गोलू अपनी तुतली वाणी में ना..ना ...ना..ना कह रहा था।

पम्मी उसके पीछे -पीछे बड़े ही संकोच के साथ धीरे-धीरे चल रही थी। तभी सामने बरामदे में एक दंपत्ति खड़े दिखाई पड़े ...अवश्य ही ये रूचि के माता-पिता ही होंगे क्योंकि वो झुककर उनके पैर छू रही थी। बच्चे को तो उसकी मम्मी ने अपनी गोद में लिया था और प्यार भी करने लगी थी।

"अरे आंटी आप वहां क्यों खड़ी आइए न .....मैं आपको अपने मम्मी पापा से मिलवाती हूँ।"

सामने एक सज्जन, जो लगभग 55 के दिखते थे कुरता- पजामा और बंडी में थे, की ओर इशारा करते हुए रूचि ने कहा – "ये मेरे पापा सुखदेव देशमुख है जो बैंक में मैनेजर हैं और

ये सामने जो बगीचा देख रही है न सब इनके सौजन्य से है | "

पम्मी ने हाथ जोड़कर नमस्ते कहा उन्होंने भी जवाब में नमस्ते कहा |

"और आंटी इनके बगल में ये जो सुन्दर स्मार्ट सी लेडी हैं ,ये हैं श्रीमती स्नेहलता देशमुख यहाँ के गर्ल्स कॉलेज में प्रोफ़ेसर हैं ...मेरी मम्मी | क्यों मम्मी, अब तो नानी बन गयी हो थोडा तो नानी वाला लुक दिया करो |"

"अरे बहनजी, इसकी बातों पर ध्यान मत दीजिए इसकी आदत ही ऐसी है ....नमस्ते ..आपसे मिलकर ख़ुशी हुई |"

"अरे रूचि ,हमारा परिचय तो करवा दिया इनका परिचय भी तो दो |"

"अरे हाँ, ये है मेरी आंटी ..अरे मैं तो आपका नाम पूछना ही भूल गयी.... क्या नाम है आपका ....छोडिये आप अपना परिचय खुद ही दे दीजिये न |"

"तुमने पूछा नहीं इसलिए बताया नहीं ...मैं प्रमिला राठौड़ हूँ | राजस्थान से यहाँ एक बिजनेस के सिलसिले में आई थी | जिससे मिलने आई थी वो लोग अभी यहाँ नहीं मिले तो यह मुझे जबरदस्ती यहाँ ले आई है|"

"अच्छा तो किया ...जब तक आपके पहचान वाले नहीं आ जाते आप यहाँ आराम से रहिये ....फील फ्री ...अपना ही घर समझिये |"

"क्यों आंटी, मैंने कहा था न कि मेरे मम्मी पापा से मिलकर अच्छा लगेगा ....लगा न ..."

"लेकिन तुमने अपना परिचय नहीं दिया | तुम्हारा भी तो नाम मैं नहीं जानती |"

"ओह सॉरी आपने पूछा नहीं इसलिए बताया नहीं ...प्रमिला के अंदाज में ही उसने मुस्कुराते हुए कहा ....मेरा नाम रुचिका परमार है | मैं गुडगाँव में अपने पति केशव परमार के साथ रहती हूँ | ये मेरा मायका है ...."

"..बस..बस बहुत हुआ परिचय ...आइए अन्दर चलते हैं "- सुखदेव जी ने कहा और सब अन्दर हो लिए |

ड्राइवर सारा सामान अन्दर ला चुका था |

अन्दर कमरे में घुसते ही पता नहीं क्यों , एक पॉजीटीविटी का, एक खुशनुमा सा अनुभव हुआ शायद यह घर में रहनेवालों के स्वभाव के कारण था | कमरा बड़े ही सुरुचिपूर्ण ढंग से सजा था | सामने दीवार पर एक बड़ी सी पेंटिंग थी जिसमें गौतम बुद्ध अपने शिष्यों को उपदेश दे रहे थे ,कोने में गमले में इंडोर प्लांट लगा था |कमरे में कीमती सोफे के साथ एक शोकेस था जिसमे कई ट्राफियां, मेड्ल्स रखे थे और उसके बगलवाली दीवार पर इनाम लेते हुए किसी लड़की की कई तस्वीरें थी |

"प्रमिलाजी, आइए बैठिये ,जिस लड़की को आप इन तस्वीरों में देख रही हैं वह कोई और नहीं हमारी बेटी रूचि ही है |शुरू से ही यह पढ़ाई के साथ खेल में भी अव्वल आती थी |क्यों रूचि ?"

लेकिन रूचि बच्चे को लेकर अन्दर जा चुकी थी और चाय और बिस्किट के साथ स्नेहलताजी कमरे में प्रवेश कर रही थी –

"रूचि अन्दर गोलू का डायपर चेंज कर रही है अभी आ जाएगी तबतक सबलोग चाय पीजिये|"

सबलोगों का व्यवहार इतना अपनापन से भरा था कि प्रमिला को जरा भी यह महसूस नहीं हो रहा था कि वह अजनबियों के बीच में है |

रूचि ने उसका सामान गेस्ट रूम में रखवा दिया था और उसे वहीं ले गई |

"आंटी जल्दी से फ्रेश हो लीजिए फिर सबलोग साथ ही नाश्ता करेंगे | तब तक मैं भी गोलू को देख लेती हूँ ... और हाँ, कुछ की भी जरूरत हो तो कहने से हिचकिचाइएगा नहीं" - कहती हुई वह बाथरूम में घुसकर गीजर ऑन कर उसके बारे में बताकर निकल गई |

पम्मी कमरे का दरवाजा बंद कर थोड़ी देर बेड पर धम्म से बैठ गयी और जो कुछ उसके साथ घट रहा था उसके बारे में सोचने लगी | उसे तो यह सब किसी फिल्म के समान लग रहा था क्योंकि ईश्वर आज तक कम- से- कम इन आठ- दस सालों में इतना मेहरबान कभी नहीं हुआ था |अब जब वह घर से निकल ही चुकी है तो सब तरह की परिस्थितियों से

गुजरना तो पड़ेगा ही। सोचते हुए वह नहाने के लिए सूटकेस से कपडे निकालने लगी।

2

कशमकश

"बेटे रूचि ये अपने साथ जिनको लेकर आई हो उन्हें कितना जानती हो ?..टेबल पर नाश्ता लगाते हुए स्नेहलताजी ने पूछा |"

"बस मम्मी ट्रेन में ही जान-पहचान हुई...अकेली थी और मुझे थोड़ी अपसेट सी लग रही थी | यह शहर भी इनके लिए अनजाना था तो मैंने सोचा थोड़ी मदद कर दूँ |क्यों कुछ हुआ क्या ?"

"नहीं बेटा, कोई बात नहीं लेकिन ज़माना तो तुम्हारे जितना सरल नहीं है | तुम अपने जैसा समझ कर सब पर बहुत जल्द विश्वास कर लेती हो .....भगवान् न करें कभी तुम्हें किसी से धोखा मिले|"

"अरे मम्मी, तब की तब देखी जाएगी ...और मेरा मनोविज्ञान में एम.ए करना कब काम आएगा | मैं शक्ल से ही भांप लेती हूँ कि किसके मन में क्या चल रहा है ?"

"अच्छा अब ज्यादा बातें न बना, अपनी मेहमान को नाश्ते के लिए बुला ला |"

"किसे बुलाने के लिए इसे भेज रही हैं.. मुझे .....मैं तो बस आ ही रही थी....." पम्मी ने डाइनिंग हॉल में कदम रखते हुए कहा |

"आइए आंटी ,यहाँ बैठिये तबतक मैं पापा को बुलाकर लाती हूँ ...कहती रूचि सुखदेव जी को बुलाने चली गयी |

टेबल पर एक डोंगे में आलू टमाटर की सब्जी और दूसरे में भिन्डी की सूखी सब्जी थी |एक प्लेट में गरमागरम मटर की कचौरियां थी |सब नाश्ते का आनन्द ले रहे थे | स्नेहलताजी पूछ- पूछ कर सबको खिला रही

थी |

"जानती हैं प्रमिलाजी ,आज रूचि की ही पसंद का नाश्ता बना है ,जब भी बनाती हूँ बड़े मन से खाती है " स्नेहलताजी ने पम्मी से कहा |

"अरे मम्मी ,मैं भी ये सब बनाती हूँ लेकिन केशव कहते हैं कि तुम्हारी मम्मी के हाथ का जो टेस्ट है न वह नहीं आ पाता है.... अब क्या करूँ ?" रूचि बोल पड़ी |

पम्मी सिर्फ मुस्कुरा कर रह गयी |उसे अपनी मम्मी की याद आ गयी जिनसे वह इसी तरह से लाड़ लड़ाया करती थी | बाद में यही लाड़ उसका बेटा विशु भी उसके साथ करता था |

"अच्छा आपके घर में कौन-कौन हैं ?" डोंगे से सब्जी निकालते हुए सुखदेवजी पूछ बैठे |

"कोई नहीं ....पम्मी ने एकदम सपाट सा उत्तर दिया और कचौरी का एक टुकड़ा तोड़कर सब्जी में डुबोकर खाने लगी |

"कोई नहीं ! एकदम अकेली हैं ...माता पिता ,भाई बहन ,पति बच्चे कोई नहीं ?" स्नेहलता जी आश्चर्य से पूछ बैठी |

"जी कुछ ऐसा ही समझ लीजिये |"

स्नेहलताजी आगे कुछ बोलना चाहती थी कि रूचि ने धीरे से हाथ पकड़कर रोक दिया क्योंकि वह पम्मी के चेहरे पर आते -जाते रंगों को देख पा रही थी | इसलिए विषयांतर करते हुए कहा—

"मम्मी, आज तो तुमने मेरी पसंद की सब चीजें बनाई हैं लेकिन खीर तो भूल ही गयी ...."

"नहीं बेटे , उसे कैसे भूल सकती हूँ मैं ....अभी लाती हूँ |" स्नेहलताजी उठकर किचन की तरफ जाने लगीं |

माहौल का तनाव छंट चुका था साथ ही पम्मी की भौंहों का कसाव भी हल्का पड़ चुका था |

नाश्ते के बाद चाय का दौर चला | इस दौरान गोलू जग गया था इसलिए रूचि उस के साथ व्यस्त हो गयी | स्नेहलताजी और सुखदेव जी अपने-अपने काम पर जाते समय दोपहर के भोजन पर मिलने को कह कर निकल गए | पम्मी भी अपने कमरे में आ गयी और लेट गयी |

ट्रेन में कितना भी सो लो नींद कहाँ पूरी होती है इसलिए पम्मी सोने की कोशिश करने लगी | लेकिन आँखों में नींद कहाँ ? तन से ज्यादा उसका मन थका हुआ था | कल सुबह से लेकर अभी तक घटनाक्रम इस कदर अपना रूप बदल रहा था कि उसे समेटते -समेटते उसे थकान महसूस होने लगी थी |

फिर से एक बार उसने आँखें बंद कर ली और सोचने लगी | आज तो अभि की शादी है ...सब तैयारियों में लगे होंगे | मम्मी ने मेरे जाने की बात न बताकर ख़ुशी के माहौल को नहीं बिगड़ने दिया होगा | ईश्वर करे सब अच्छे से हो जाए ---सोचते सोचते कब नींद ने आ घेरा उसे पता ही न चला |

अचानक उसने देखा वह बीच में खड़ी है ...चारों ओर से परिवार के लोगों ने उसे घेर रखा है ....अलग- अलग आवाजें आ रहीं हैं ..

"...बुआ आपने मुझे धोखा दे दिया न ...बचपन से सेहरा बाँधने की बात करती रही और अब कौन मेरा सेहरा बांधेगा ...मैं शादी ही नहीं करूंगा ..आपको अपने अभि से जरा भी प्यार नहीं हैं .."

"नहीं अभि मैं तुझे अपनी जान से ज्यादा चाहती हूँ बेटे ...मेरा विश्वास करो ..मैं मजबूर हूँ बेटे |"

"फिर झूठ बुआ ..कोई प्यार नहीं है, सब दिखावा है ..मैं अब आपसे कभी बात नहीं करूंगा .. आपसे मिलूंगा भी नहीं ..."

"ठीक किया बेटे, तेरी बुआ को यही सजा मिलनी चाहिए "....विजय भैया की आवाज आई ...

"भैया आप भी ...आप तो मुझे समझने की कोशिश करें ..."

"क्या कोशिश करूं.... तुझे कितना प्यार दिया ,हर मुश्किल में साथ खड़ा रहा और तू मेरी इज्जत की परवाह किये बिना निकल गयी ...छिः तुझे बहन कहते शर्म आ रही है ..."

"ऐसा न कहो भैया ..."

"क्यों न कहे ......आपने कहीं मुंह दिखाने लायक छोड़ा है "...अब रमा बोल पड़ी|

"भाभी, आप एक औरत होकर भी ऐसा बोल रही हैं ...."

"अब तो घरवाले ही नहीं बाहरवाले भी बोलेंगे ...इतना बड़ा निर्णय ले लिया और किसी के बारे में जरा भी नहीं सोचा ....और कोई नहीं तो अपनी माँ के बारे में तो सोचा होता ...इस उम्र में कितने दुःख झेल पाएगी ...अब नहीं सहा जाता ....." कामिनीजी बड़े दुखी स्वर में बोल रही थी।

"मम्मी, तुम तो मेरी तरफ से बोलो ....तुम तो मुझे समझती हो ...."

"नहीं अब और नहीं ....."

पम्मी ने देखा सब ने उस से मुंह फेर लिया और आगे बढ़ गए। वह चीख रही है-

मुझे अकेला छोड़ कर मत जाओ .....म..त...जा..ओ ....और अचानक उसकी आँखें खुल गयीं।वह पसीने से तर-ब- तर थी और सामने रूचि खड़ी थी।

"किसे नहीं जाने को कह रही थी आंटी। आपकी चीख सुनकर मैं भागी – भागी चली आई .... कोई बुरा सपना देख लिया है क्या ?"

पम्मी अभी भी सदमे की हालत में थी। रूचि ने पानी दिया तब जाकर थोड़ी सामान्य हुई।

"अब कैसा लग रहा है आंटी?" –रूचि ने पूछा।

"अब मैं ठीक हूँ।" कहकर पम्मी ने आँखें बंद कर लीं।

रूचि चुपचाप कमरे से निकल आई लेकिन वह समझ रही थी कि आंटी भावनाओं और विचारों के घमासान से जूझ रही थी लेकिन जानने के लिए यह समय उपयुक्त नहीं था।

पम्मी ने तबीयत खराब होने का बहाना कर दोपहर का खाना भी नहीं खाया। लगातार आराम कर जब उसकी आँख खुली तब शाम के 6 बज चुके थे। उठकर उसने चेहरा धोया। दिन भर पड़े रहने के कारण कपड़े मुड़े-तुड़े से हो गए थे इसलिए कपड़े भी बदल लिए।अब जाकर उसे काफी अच्छा लग रहा था।उसने कंघी की, लिप बाम होंठो पर लगाया और शाल ओढ़कर कमरे से बाहर तो आई लेकिन उसे बुरा भी लग रहा था कि सब लोग क्या सोच रहे होंगे।

तभी रूचि ने उसे कमरे से निकलते देख लिया – "आइए न आंटी ...एकदम सही समय पर आई हैं ...हम सब अभी चाय ही पी रहे हैं।"

"अभी कैसी तबीयत है आपकी ? यात्रा की थकान उतरी कि नहीं ?" स्नेहलता जी ने पॉट से कप में चाय डालते हुए पूछा ...मौसम भी तो कितना ठंडा हुआ जा रहा है ...लीजिए चाय लीजिए" .....चाय का कप आगे बढ़ाया |

"हाँ,. बेहतर महसूस कर रही हूँ"....कप पकड़ते हुए पम्मी ने कहा |

चाय पीकर पम्मी अपने को तरोताजा महसूस कर रही थी | कुछ देर तक इधर-उधर की बातें होती रही|

अचानक रूचि ने पम्मी से कहा – "चलिए बाहर थोडा सैर कर के आते हैं ...गोलू सोया हुआ है इसलिए फ्री हूँ .....मम्मी , हम आधे घंटे में आते हैं ....अगर इस बीच गोलू उठ गया तो दूध पिला देना नहीं तो मुझे बुला लेना, हम लोग बाहर लॉन में ही हैं .... चलिए आंटी |"

पम्मी और रूचि दोनों बाहर बगीचे में आ गए | जाड़े की शाम थी |अभी साढ़े 6 बज रहे थे इसलिए उजाला था , अँधेरा नहीं हुआ था |

"बगीचा तो बड़ा ही सुन्दर है ....सीजनल फूलों की क्यारियाँ इसे और भी सुन्दर बना रही हैं , खासकर ये पैंजी और साल्विया के फूल मन को मोह रहे हैं |" पम्मी ने फूलों को निहारते हुए कहा |

"सब पापा की मेहनत का नतीजा है | पापा काम के बाद अपने को इसी में व्यस्त रखते हैं |"

"अच्छा शौक है ....मैंने पढ़ा भी है और महसूस भी किया है कि ये मन से नकारात्मकता को हटा कर ख़ुशी प्रदान करते हैं |"

"इसीलिए तो मैं आपको यहाँ लेकर आई हूँ |यहाँ आपका मन बहल जाएगा |"

"अरे नहीं, मैं पूरी तरह से ठीक हूँ ....वो सब तो थकान की वजह से था |" पम्मी ने सफाई देने की कोशिश की |

"नहीं आंटी, मेरी नजरों से कुछ भी छिपा नहीं है | आप किसी भारी तकलीफ से गुजर रही है न | मन ही मन घुट रही है | कहिये मेरा अनुमान सही है न |"

"नहीं रूचि तुम्हें कुछ ग़लतफ़हमी हुई है .... ऐसा कुछ भी नहीं है |"

"नहीं, आप मुझसे कुछ छिपा रही हैं .....मैं आपको ट्रेन से ही वॉच कर रही हूँ ....आपका अनमनापन ,आपका तना हुआ चेहरा....आपकी

बौखलाहट ...और आज आपका सोते-सोते चीख उठना.... सब इसी की ओर इशारा कर रहे हैं |"

"बाप रे ! यह लड़की है या एक्सरे मशीन ....इतने कम समय में कैसे उसकी अवस्था को पहचान लिया .... अब मैं इससे थोड़े ही अपना दर्द शेयर करूंगी" .....पम्मी ने सोचा |

"और आंटी, मैं आपको अपने यहाँ इसी लिए लेकर आई क्योंकि मुझे लगा इस स्थिति में इस अनजान शहर में आप भटक न जाएं ....आपको लग रहा होगा मैं बड़ी भोली हूँ लेकिन नहीं.... ऐसे ही मैं किसी को अपने साथ घर नहीं ले कर आती...मुझे भी लोगों की पहचान है |" पम्मी को चुप देखकर रूचि ने अपनी बात पूरी की |

"बाप रे इतनी कम उम्र में इतनी पैनी नजर ....भाई मैं मान गयी कि तुम्हें लोगों की पहचान है लेकिन इस बार तुम्हारा अनुमान गलत है ......मैं किसी... जैसा कि तुमने कहा .....किसी भयानक तकलीफ से ....एकदम ही नहीं गुजर रही हूँ .....हाँ थोड़ी बिजनेस की परेशानी है ...और कुछ नहीं |" पम्मी ने बात की गंभीरता को कम करने के इरादे से कहा |

"नहीं ये सिर्फ बिजनेस की परेशानी नहीं है ...कोई और बात भी है जो आपको साल रही है | खैर , आप बताना न चाहे ये आपकी मर्जी |"

पम्मी ने एक लम्बी सांस ली ही थी कि चलो बात टल गई तभी अचानक रूचि ने आगे बढ़कर उसे गले लगाते हुए जोर से भींच लिया | पम्मी जब तक कुछ समझ पाती या विरोध करती रूचि ने बड़े प्यार से उसकी पीठ सहलानी शुरू कर दी |

पता नहीं उस स्पर्श में जादू था या बहुत समय से उसका प्यार के लिए प्यासा मन इस अपनेपन में ऐसा भींगने लगा कि वह आंसुओं का सैलाब बन बह निकला | विशु की मौत का दुःख, परिवार के साथ अपने गलत व्यवहार का गिल्ट सब एक- एक करके उस सैलाब में बहने लगे |वह बेसुध सी रूचि के कंधे से लगी हिचकियाँ लेती रही |

रूचि वैसे ही पीठ सहलाती रही जैसे एक माँ अपने बच्चे को प्यार से सहलाती है |

थोड़ी देर में पम्मी का रुदन शांत हुआ तो रूचि ने उसे अपने से अलग कर बगल में बनी बेंच पर बैठ दिया |

"आंटी आप ठीक तो हैं न" – रूचि ने धीरे से पूछा |

"हाँ, पर पता नहीं मुझे क्या हो गया था ....आई एम सॉरी ...वेरी सॉरी .....पम्मी ने क्षमा याचना की मुद्रा में हाथ जोड़ना चाहा पर उस के पहले ही उसके जुड़े हाथों को अपने हाथों से थामते हुए रूचि ने कहा –

" किस बात की सॉरी आपने कोई गलत काम तो नहीं किया है | सिर्फ़ अपने मन को हल्का किया है| दर्द को आंसुओं के रूप में बाहर निकाल दिया | सोचिये जो लोग दर्द को अन्दर रखते हैं बाहर नहीं निकाल पाते है वह कितना टाक्सिस अथवा विषाक्त हो जाता होगा | फिर वही नकारात्मकता से भरे विषबाण चलते हैं जो अपने साथ दूसरों को भी कष्ट देते हैं |

पम्मी उसे हैरत से देखती रही | इसे ये सब कैसे पता ? विशु के जाने के बाद यही सब तो उससे होता रहा |

"देखिये आंटी आप के साथ क्या परेशानी है वो मैं नहीं पूछूँगी या कोई गिल्ट अथवा पछतावा होगा उसे जानने की कोशिश भी नहीं करूंगी लेकिन बस इतना समझ लीजिए कि अगर बार-बार दर्द मिलने से किसी का मन डिप्रेस्ड हो जाता है या नेगिटिव थॉट से गुजरता है तो यह कोई एबनोर्मल बात नहीं है यह उसी प्रकार नॉर्मल है जैसे हमारा हँसना और रोना |

रूचि ने बात आगे बढाते हुए कहा—हम कोई मशीन या रोबोट नहीं हैं या किसी स्मार्ट फोन के सिलिकोन चिप नहीं हैं, हम इंसान हैं ...हम पर असर होता है और ये इमोशंस तो जीवन के साथ जुड़े हुए हैं इसलिए ये सामान्य है .... इनके लिए कभी गिल्टी फील नहीं करना चाहिए | इसका सामना करना चाहिए | दर्द से हम गुजरेंगे नहीं तो कैसे समझेंगे कि इससे कैसे निकलना है |....और आप जानती हैं आंटी, दर्द को सहना भी दर्द की हीलिंग का एक तरीका है |"

"दर्द को सहने से दर्द कैसे कम हो जाएगा या उसकी हीलिंग हो जाएगी ?" पम्मी की समझ में कुछ नहीं आ रहा था |

*कहीं मैंने पढ़ा था – **Pain is a part of healing .Releasing of our pain is healing** .अब लगता है एकदम सही है | सारी नेगिटीविटी, नकारात्मकता दूर हो जाती है और हमारे अन्दर सकारात्मकता उत्पन्न*

होने लगती है|" रूचि ने स्पष्ट किया|

"अरे, क्या बातें हो रही हैं रूचि, गोलू जग गया है और तुम्हें खोज रहा है" –स्नेहलता गोलू को गोद में लेकर आ रही थी|

"कुछ नहीं मम्मी, मैं आ रही हूँ बस एक शेर इन्हें सुना दूँ| फिर शायरों के अंदाज में वह बोलने लगी

- ये जिंदगी है जनाब तकलीफ तो होगी ही .....वर्ना....वर्ना ..

मरने के बाद जलने का भी अहसास नहीं होता"

...फिर खुद वाह ..वाह करके आगे बढ़कर गोलू को गोद में ले लिया|

"अच्छा इसने आपको भी अपने शेर सुना ही डाले" – स्नेहलता जी ने मुस्कुराते हुए कहा|

पम्मी भी मुस्कुरा पड़ी ...बड़ी विचित्र लड़की हैं पल में तोला पल में माशा ,अभी तो इतनी बड़ी-बड़ी बातें कर रही थी और अभी हंसाते हुए निकल गयी|

लेकिन कुछ भी हो वह अब अपने को मन से बहुत ही मजबूत लेकिन हल्का महसूस कर रही थी| हाँ, अन्दर का जो गुबार आँखों से निकला था उस से सर जरा भारी हो गया था|

3

यादों का कोहरा

यादें ..ये यादें ही तो हैं जो कभी पीछा नहीं छोड़तीं और वह भी कड़वी हो तो दिलोदिमाग से चिपक कर ही रह जाती है | कई बार ये हमारे मनोमस्तिष्क पर इस कदर हावी हो जाती हैं कि आगे कुछ सूझता ही नहीं है और वर्तमान को नजरअंदाज कर हम गलतियों पर गलतियां करते जाते हैं जिससे अपना भविष्य तो बिगाड़ बैठते हैं और अपनों को भी घायल करते हैं |

कुछ ऐसा ही हुआ था पम्मी के साथ जब दर्द के थपेड़े लगातार उसे चोट पहुंचा रहे थे तो विक्षिप्तों वाली दशा हो गयी थी | विशु के जाने के बाद उसे ऐसा लगने लगा था कि उसके दुःख के आगे उसके आस- पास के सारे लोगों की परेशानियां कुछ भी नहीं हैं और सब अपने काम को छोड़कर उसके पास बने रहे|

आज जब रूचि की बातें उसने सुनी और उसको समझने की कोशिश की तो लगा कि कुछ बताए बिना ही इस लड़की ने सब कुछ कैसे समझ लिया | लग रहा था कि उसका मन पारदर्शी हो गया है और वह मन के अन्दर झांककर सारी बातें बताती जा रही थी |

अपने जिस व्यवहार के लिए उसके मन में बड़ा पछतावा था रूचि की बातों ने उसे अलग दिशा दे दी थी कि ज्यादा कठिन परिस्थितियों में हम कभी- कभी ओवर रिएक्ट करते हैं लेकिन उन परिस्थितियों में वह स्वाभाविक ही है |

उसे अब सब कुछ साफ़ साफ़ समझ आने लगा था कि विशु की मौत ने उसे इस कदर हिला कर रख दिया था कि उसकी विवेक शक्ति ही लगभग ख़त्म हो गयी थी और वह ऐसा सोचने लगी थी कि जैसे वह दुखी है वैसा ही दुःख सब प्रकट करें | जब वह दुःख में है तो दूसरे खुश कैसे रह सकते हैं ?

पम्मी की आँखों से नींद कोसों दूर थी उसने अपने मोबाईल में समय देखा | रात के बारह बज रहे थे | वह आँखें बंद कर सोने की कोशिश करने लगी लेकिन नींद आँखों के द्वार पर दस्तक देने का नाम ही नहीं ले रही थी | जाने -अनजाने में किये गए अपने बर्ताव ,बूझे- अबूझे पल सब एक-एक कर साकार होने लगे |

सच ही है जब यादों का परिंदा मन के आकाश में उड़ने की कोशिश करता है तो बहुत गहरे गोते लगाने की फ़िराक में रहता है |

वह विशु के होस्टल से आने का इंतज़ार बहुत ही उत्साह से कर रही थी |दीपावली के दो दिन पहले आना था |इसलिए वह उसकी पसंद की चीजें तैयार करने में लगी हुई थी कि ठीक एक दिन पहले विजय को लखनऊ के एक पुलिस थाने से उसकी एक्सीडेंट में मौत की खबर आई | घरवालों को सिर्फ एक्सीडेंट की सूचना देकर वह अगली फ्लाईट से लखनऊ के लिए रवाना हो गए और जब लौटकर आए तो उसकी मृत देह के साथ |

विशु का शव पड़ा हुआ था | वह सदमे की हालत में कुछ समझ ही नहीं पा रही थी कि हकीकत में हो क्या रहा था ? तभी उसे सामने उसका पति कुणाल दिखाई पड़ा और वह बिना सोचे- समझे उसकी ओर दौड़ कर गयी और विक्षिप्तों जैसे चीखती जा रही थी .....कुणाल ....हमारा विशु ....देखो न ...कैसे सो गया है ...उठने के लिए बोलो न ..".कहते कहते उसकी बांहों में बेसुध होकर झूल गयी थी |

विजय ने दौड़कर कुणाल के साथ उसे सहारा देकर सामने रखी कुर्सी पर बैठाने की कोशिश की तभी उसे थोड़ी सुध आई और फिर वह चिल्लाने लगी ---"कहाँ ले जा रहे हो मुझे .....मुझे तो अपने बेटे के पास रहना है" ..और उनके हाथ से छूटकर वह विशु के पास नीचे बैठ गयी |

कुणाल को जब विशु की मौत की सूचना मिली थी तो भागा भागा आया |भले ही पम्मी से तलाक हो चुका था और इस परिवार से उसके रिश्ते ठीक नहीं थे पर उसने विशु से मिलना नहीं छोड़ा था |उसके कॉलेज में ,होस्टल में जब भी मौका मिलता, जाता और कुछ न कुछ उपहार भी ले जाता | वह प्यार जतलाने की कोशिश करता लेकिन विशु बस औपचारिकता ही निभाने की कोशिश करता |

"भैया, मुझे देर तो नहीं हो गयी" -आते ही उसने विजय से पूछा था |

"नहीं ,अच्छा हुआ तुम आ गए ....बस अब ले जाने की तैयारी ही हो रही है | पिता के रहते सारे विधान कौन करेगा मैं इसी चिंता में था |"

जब दाह-संस्कार के बाद सब लौटे तो कुणाल ने कहा – "भैया, आप कहें तो मैं यहाँ सब हो जाने के बाद पम्मी को अपने साथ ले जाऊं ?"

विजय ने आश्चर्य से उसकी ओर देखा क्योंकि कुणाल ने दूसरी शादी कर ली थी और उसके एक बेटी भी थी |

"नहीं ,आप मुझे गलत नहीं समझिये मेरा दिल्ली में एक फ़्लैट है वहीं पम्मी रहेगी और बीच-बीच में मैं आता- जाता रहूँगा |"

"अभी पम्मी की हालत ऐसी नहीं है कि वह कहीं जा सके |बाद में हम आपस में विचार करके बता देंगे|"

"आप जैसा ठीक समझे भैया |"

लेकिन रमणजी ने उसे भेजने से एकदम इनकार कर दिया |

"नहीं, अभी वह जज्बाती हो कर ऐसा कह रहा है बाद में क्या ख़याल रखेगा | वह बहुत स्वार्थी है उसकी बाकी बची जिंदगी वह और ख़राब न कर दे | उसे अभी हमारे केयर की जरुरत है |"

उस समय पम्मी को अपनी सुध कहाँ थी | बाद में ये सारी बातें कामिनीजी ने उसे बताई थी |

उसकी सोच ,उसके व्यवहार में ऐसा चिडचिडापन आ गया कि किसी की बात का सीधा जवाब तो देती ही नहीं थी | हर बात को घुमा फिरा कर विशु से जोड़ देती |

उसकी हालत को देखते हुए कामिनीजी ने बड़ी बेटी सिम्मी को एक महीने के लिए रोक लिया था | सिम्मी पम्मी का खूब अच्छे से ख़याल रख रही थी लेकिन जब उसकी बेटियों का फोन आ जाता तो पम्मी

चिढ़कर कह उठती –

"क्या दी, तुम्हारी बेटियों को कोई काम धाम है कि नहीं जब देखो फोन करती रहती है | मुझे अच्छा नहीं लगता है | अगर फोन करना है तो दूसरे कमरे में जाकर करो | मैं परेशान हो जाती हूँ |"

"ऐसा क्यों कह रही है ? वे तुझसे भी बात करना चाहती हैं .... इनसे बात कर ले तेरा मन बहल जाएगा ...वो भी तो तेरी ही बच्चियां है |"

"नहीं ,मुझे किसी से बात नहीं करनी ....जब मेरा अपना विशु ही नहीं रहा तो दूसरों के बच्चों से क्या लेना |"

"ऐसा नहीं कहते पम्मी ,विशु के जाने का हमें भी बहुत दुःख है लेकिन भैया का बेटा अभि ,मेरी तानी, माही भी तो तेरे ही बच्चे हैं |कितना प्यार करते हैं सब तुझसे और तू भी उन्हें कितना मानती है |"

"कुछ नहीं" अब मैं सबको समझ चुकी हूँ | कोई प्यार व्यार नहीं सब ढकोसला है |कौन है यहाँ मेरे साथ.... सबको अपने काम की पड़ी है ....सब चले गए ...मेरे दुःख को कोई नहीं समझता |"

"तू गलत समझ रही है पम्मी ,सबकी पढ़ाई थी .. कितने दिन मिस करते ..और मैं एक महीने से अपना घर परिवार छोड़ कर तेरे साथ ही तो हूँ | हम सब तेरा दुःख समझते हैं मेरी बहन |"

"एक महीने से रह रही हो तो इतना सुना क्यों रही हो..... दो दिन बाद तो तुम भी चली जाओगी..फिर तो मुझे अकेले ही रहना है ...जब मुझे सहारे की जरुरत है तब तो रुक नहीं रही हो और बहन कह रही हो ...ऐसी बहन से तो अच्छा बिना बहन के होती |"

सिम्मी के अन्दर से बड़े वेग से रुलाई फूट पड़ी और वह किसी प्रकार अपने को संभालते हुए बाहर निकल गयी | पम्मी ने देखकर भी अनदेखा कर दिया |

कामिनीजी बाहर खड़ी सब सुन रही थीं | सिम्मी को रोते हुए निकलते देख उन्हें अच्छा नहीं लगा |कमरे में जाकर पम्मी से पूछा – "क्या हुआ पम्मी ,सिम्मी रोते हुए क्यों गयी ....क्या तुमने कुछ कह दिया ?"

"मैं क्या कहूँगी मम्मी, एक तो जब से विशु गया है तब से सारी गलती सबको मुझ में ही दिखती है...मेरा कष्ट किसी को दीखता ही नहीं है .....महीने भर से यहाँ अगर दी रुकी है तो मुझ पर कोई अहसान नहीं

कर रही हैं ......इन सबके लिए मैंने कितना किया है यह किसी को याद ही नहीं आता है|"

"अच्छा, तुमने ऐसा कह दिया ..तभी उसे बुरा लगा है .....तुम्हें पता है सब अपने काम पर चले गए हैं एक सिम्मी ही रुकी है और वह भी सिर्फ तेरे लिए ......"

"तो जाए न क्या मैंने रोक रखा है ....हुंह ... सब को मैं ही दोषी नजर आती हूँ" ....कहकर पम्मी ने भी रोना शुरू कर दिया | कामिनीजी को समझ में न आया कि वह क्या करें | कुछ न बोलकर वे उसे चुप कराने में लग गयीं |

सोचते – सोचते पम्मी की मुंदी आँखों से अश्रु की अविरल धारा बहकर उसका तकिया भिगोने लगी | ये अश्रु दुःख के साथ पछतावे के भी थे | उसे अपने उस समय के व्यवहार पर खुद आज आश्चर्य हो रहा था सब के लिए खुद को आगे करने वाली वह वैसा सोच भी कैसे सकी | लेकिन जब से रूचि ने उसे समझाया था कि विषम परिस्थितियों में आदमी अपने मन पर नियंत्रण खो देता है और यह स्वाभाविक है तब से उसके मन का बोझ थोडा हल्का हो गया था |

इन्हीं यादों में डूबते- उतराते कब नींद ने उसे अपने आगोश में ले लिया उसे पता ही न चला |

सुबह उसकी आँख थोड़ी देर से खुली | उसने घड़ी देखी साढ़े आठ बज चुके थे | जल्दी से उठकर आधे घंटे में फ्रेश होकर बाहर आई तो देखा घर में सन्नाटा पसरा था | असमंजस की स्थिति में उसने रूचि को पुकारा --- "रूचि कहाँ हो तुम ?"

आवाज सुनते ही रूचि की आवाज आई — "आंटी मैं बाहर बैठी गोलू को खिला रही हूँ ...इधर ही आ जाइए |"

वैसे नागपुर में ठण्ड पड़ती नहीं लेकिन सुबह की ठंडी हवा से सिहरन हो रही थी, इसलिए बाहर आकर उसने शाल को अपने चारो ओर अच्छे से लपेटा फिर बोल पड़ी – "अरे इतनी ठण्ड में बच्चे को बाहर क्यों खिला रही हो ...ठण्ड लग सकती है |"

"जानती हूँ आंटी, पर क्या करूं... ये हमारे गोलू महाशय बिना फूल-पत्ती, चिड़िया देखे खाना ही नहीं खाते हैं ...सच कहूँ आंटी इसको खाना

खिलाना मेरे लिए बहुत बड़ा सिरदर्द है |"

"हाँ जी गोलू जी, मम्मी क्या कह रही हैं आपके बारे में .....पम्मी ने गोलू को पुचकारते हुए कहा फिर रूचि से पूछ बैठी ---तुम्हारे मम्मी-पापा नहीं दिखाई दे रहे हैं |"

"वे लोग अपने काम पर चले गए हैं ...समय तो देखिये साढे नौ बज रहे हैं | पापा तो 8.30 तक निकल जाते हैं ...उनका बैंक यहाँ से थोडा दूर है ....और मम्मी का लेक्चर जरा जल्दी था इसलिए वो भी निकल गयी लेकिन मुझे आपका ख़याल रखने की हिदायत भी दे गयी है |" रूचि ने उत्तर देते हुए कहा|

"हाँ ,वो जरा मेरी आँख देर से खुली, रात नींद बड़ी मुश्किल से आई |" पम्मी ने झेंपते हुए कहा |

"वो तो होना ही था मुझे पता था इसलिए मैंने आपको उठाने की कोशिश नहीं की |"

"अच्छा ! तो यह भी जानती होगी कि नींद क्यों नहीं आई ?" पम्मी ने यूं ही मुस्कुराते पूछ लिया |

हाँ ,बड़ी आसान सी बात है मन कडवी यादों में उलझा होगा .... गोलू, बस ये आखिरी चम्मच है" कहते हुए उसके मुंह में भरा हुआ चम्मच डाल दिया |

कैसे ये लड़की बड़ी- बड़ी बातें इतनी आसानी से कह डालती है – पम्मी अभी ये सोच ही रही थी कि रूचि बोल पड़ी –

"गोलू को तो खिला दिया अब चलिए हमलोग नाश्ता करते हैं ...मुझे तो बड़ी तेज भूख लग रही है ...आपका साथ देने के चक्कर मैंने भी अभी तक कुछ नहीं खाया है |"

"ये तो ठीक बात नहीं है ...तुम्हें नाश्ता कर लेना चाहिए था ..उसके साथ-साथ चलते हुए पम्मी ने कहा|"

"अरे नहीं आंटी वो तो मैंने यूं ही कह दिया ...क्या गोलू को खिलाये बिना खा लेती ? इतना समय तो मुझे लगना ही था |" उसने गोलू को टेबल पर बिठाते हुए कहा – "आप जरा इसे पकड़े रहिये तब तक मैं प्लेट में नाश्ता लगाती हूँ |"

आज नाश्ते में चिवड़े का पोहा और सूजी का हलवा था | पोहे में खूब सारी सब्जियां डलीं थी इसलिए काफी स्वादिष्ट लग रहा था | हलवे की रंगत ही बता रही थी कि काफी मन से बनाया गया था |

पोहे का चम्मच मुंह में डालते हुए अचानक रूचि ने बड़े नाटकीय अंदाज में कहा – "लगता है कड़वी यादों ने मेरी आंटी को खूब रुलाया है ...ऐसा उनकी आँखें कह रही हैं ...क्यों गोलू, मैं सही कह रही हूँ न "...उत्तर में गोलू हंस पड़ा और उसका चम्मच पकड़ने लगा |

इधर पम्मी के चेहरे पर ऐसे भाव थे जैसे उसकी चोरी पकड़ी गयी हो |

"आप इसे गलत तरीके से मत लीजिये ये तो नॉर्मल है .....कडवी यादों से मन तो दुखेगा ही और मन दुखेगा तो आँसू तो निकलेंगे ही |"

"हाँ, कल रात मैं कुछ ऐसी ही यादों के बीच में घिर गयी थी |" पम्मी ने सफाई देते हुए कहा |

"अच्छा आंटी जानती है .....आज आपको एक मजेदार बात बताती हूँ ...हमारा ये जो शरीर है न 75% पानी से बना है और हमारा ह्रदय 25% खून से लेकिन मजा यह है कि जब शरीर को चोट लगती है तो खून निकलता है और दिल को चोट पहुँचती है तो आँसू के रूप में पानी निकलता है " रूचि ने माहौल की गंभीरता को कम करने की कोशिश की |

अब पम्मी भी मुस्कुराए बिना न रह सकी |

"आप ऐसे ही मुस्कुराती रहा कीजिये आप पर सूट करता है " रूचि ने कहा और गोलू को कंधे पर सहारा देते ही उठ खड़ी हुई क्योंकि नींद से उसकी आँखें मुंद रही थी |

".....आंटी, जरा मैं इसे सुला कर आती हूँ ...तब तक आप भी आराम कर लीजिये ..".कहती हुई वह अपने कमरे में चली गयी |

4

सच्चा साथी

इस मतलबी दुनिया में सच्चे हितैषी या सच्चे साथी की चाह रखना बेमानी होता जा रहा है | 'मित्र' शब्द तो हाशिये पर ही जा बैठा है और स्थिति यह है कि 'मित्र' प्रजाति ही लुप्त होती जा रही है| ऐसे में कोई सच्चा हितैषी आपके साथ है तो आप दुनिया के सबसे धनवान व्यक्ति है |

परितोष भी पम्मी के लिए कुछ ऐसा ही साथी था | किसी भी मौके पर उसने पम्मी को मन से टूटने नहीं दिया था | हर परिस्थिति में उसकी ढाल बनकर खड़ा रहा था | इसलिए उसका पम्मी के जीवन में बड़ा ही अलग स्थान था |

"आप ऐसे ही मुस्कुराती रहा कीजिये ..आप पर सूट करता है " रूचि के इस वाक्य ने पम्मी को फिर उसकी यादों में पीछे धकेल दिया था |

आज उसे परितोष की याद आ गयी | एक बार नहीं कई बार उसे परितोष ने उसके मुस्कुराने पर यही कहा था और हर बार उसकी बात सुनकर उसकी मुस्कराहट कुछ ज्यादा ही खिल जाती थी |

इस समय भी कमरे में लेटे हुए उसके होंठों पर मुस्कान आ गयी | मन हलकी ख़ुशी भी महसूस कर रहा था | बहुत दिनों बाद परितोष की याद आई थी | परितोष ...हाँ परितोष एक अलग ही स्थान रखता था उसके जीवन में |

परितोष से मिलना, परितोष से बातें, उसकी सलाह, उसका केयरिंग नेचर सब अच्छा लगता था | न जाने कब और कैसे वह उस पर अपने से

भी ज्यादा विश्वास करने लगी |जरा सी कोई समस्या सामने आई नहीं कि समाधान के लिए परितोष के पास इस विश्वास से दौड़ पड़ना कि वह सब ठीक कर देगा|

उसे आज भी वह दिन याद है जब वह विशु के अच्छे रिजल्ट पर भैया भाभी का उपेक्षापूर्ण रवैया और मम्मी का भी अपने पोते अभि को लेकर ज्यादा परेशान होना ,सब देख काफी दुखी हो गयी थी और न चाहते हुए भी वह परितोष से शेयर कर बैठी |

"जानते हैं परितोष जी, कभी- कभी लगता है जिंदगी में कठिनाइयों का सिलसिला कभी थमनेवाला नहीं..... एक जाती है तो दूसरी चली आती है जैसे कि वह उसके जाने का इंतज़ार ही कर रही हो |"

"अब क्या हुआ ...फिर कोई नई समस्या ?"

"वही तो बता रही हूँ ....विशु का रिजल्ट अभि की तुलना में ज्यादा अच्छा हुआ तो भैया -भाभी को मिर्ची लग गयी |"

"क्या उन्होंने कुछ कहा ?"

"नहीं, कहा तो नहीं पर उनके उतरे चेहरे और उनका ठंडा व्यवहार तो सब बता ही दे रहे है और उस पर से मम्मी, वो भी कम नहीं है, नाती के रिजल्ट से खुश कम पोते के रिजल्ट से जो कि विशु से दस नंबर ही कम है , दुखी ज्यादा हैं| ऐसे में तो जीना बड़ा ही कठिन है |"

"और सर का क्या रिएक्शन था ?"

"वही तो हैं जो हमेशा पॉजिटिव बातें करते हैं नहीं तो जिंदगी और कठिन हो जाती |"

"देखिये पम्मी जी, जिंदगी आसान होती नहीं है इसे आसान बनाना पड़ता है| इसके लिए तीन बातों की जरूरत पड़ती है—थोडा सा धैर्य ,थोड़ी सी सहनशक्ति और बहुत सारी चीजों को नजर अंदाज करना .... अगर आप किसी बात से दुखी होकर गुस्से में आ जाती हैं अपना धैर्य खो बैठती है तो आप अपनी जिंदगी को और भी ज्यादा परेशानी में डाल रही हैं ,अपने रिश्तों में कडवाहट घोल रही हैं| इसलिए जैसा चल रहा है चलने दीजिए ,नजर अंदाज करना सीखिए| इससे और कुछ तो नहीं होगा आप परेशान नहीं होंगी |"

"शायद आप ठीक कह रहे हैं .....अब से मुझे यही करना होगा |" कहकर वह मुस्कुराई और उसके मुस्कुराते ही परितोष बोल उठा – "ऐसे ही मुस्कुराती रहा कीजिए... आप पर सूट करता है |"

उसकी मुस्कराहट और गहरी हो गयी |

आगे उसके बाद से उसने कभी इन सब मामलों में सिर नहीं खपाया |

परितोष के लिए उसके मन में अभी तक एक कोमल भाव ह्रदय की किसी गहराई में छिपा हुआ था जिसे स्वीकारने की हिम्मत वह कभी न कर सकी और वह भी जानती थी कि परितोष के मन में भी उसके लिए अलग भाव है जो कि कभी कभी जाने-अनजाने में प्रकट हो ही जाता था |

आज जब वह सभी बन्धनों को तोड़कर निकल आई है तो इस बात को स्वीकारने में जरा भी हिचक नहीं है कि अगर उसके जीवन में परितोष जैसा इंसान पति के रूप में मिलता तो उसके जीवन की कहानी कुछ और ही होती |

परितोष ने हर मोड़ पर उसके साथ खड़े रहकर उसके जीवन में अपनी उपस्थिति दर्ज कराई थी |उस समय भी जब विशु के आई.आई.टी.में दाखिले के समय कोई उसके साथ जाने को तैयार नहीं था | भैया तो अभि के एडमिशन के लिए परेशान थे | उस समय परितोष ही उनके साथ गया | वहां जाकर भी जितनी भागदौड़ की जरूरत थी सब उसने की | विशु को महसूस नहीं होने दिया कि वह मम्मी के साथ अकेला है |

लौटते समय विशु उनसे एकबारगी लिपट गया था और रोते हुए कहने लगा था – "मामा जी ,आपने मेरे लिए जो किया है वह मैं कभी नहीं भूलूंगा |"

विशु के होस्टल जाने के बाद से न जाने क्यों उसे हमेशा इस बात का अंदेशा रहता था कि कहीं कुणाल उससे बार- बार मिलकर उसे अपनी तरफ न कर ले |अपनी इस तरह की चिंताएं वह सिर्फ परितोष से ही खुलकर शेयर कर पाती थी क्योंकि भैया तो ध्यान ही नहीं देते थे और मम्मी- पापा को इस उम्र में वह और परेशान करना नहीं चाहती थी |

एक दिन वह कह ही बैठी --

"परितोष जी, विशु तो पढने चला गया है लेकिन मेरा मन बड़ा घबराता है कि कहीं कुणाल उससे नजदीकियां न बढ़ा लें |"

"आप बहुत जल्दी घबरा जाती हैं प्रमिलाजी ,अपने बेटे पर तो भरोसा है न |"

"भरोसा तो है लेकिन अभी उसकी उम्र ही कितनी है ...और आपको पता है न कुणाल हमेशा एक पीड़ित पिता की तरह उसके साथ पेश आता है | इसलिए तो डर लगता है कि कही विशु भावनाओं में न बह जाए |"

"तो आप ने इसके लिए क्या सोच रखा है ?"

"अगर आपको परेशानी न हो तो मैं यह कहना चाहती थी कि आपका तो अपने बिजनेस के काम से लखनऊ बार-बार जाना पड़ता है तो जरा उसकी खोजखबर ले लिया कीजिए और अगर हो सके तो थोडा समय उसके साथ बिता कर टोह लेने की कोशिश कीजिए कि कुणाल कब- कब मिलने आता है|"

"अगर आपको ऐसा लगता है तो ठीक है ,मुझे जब जाने का मौका मिलेगा तब जरुर जाकर मिल लूंगा लेकिन आप को विशु पर भरोसा करना चाहिए |"

"वो तो है ही लेकिन बस आप इतना समझ लीजिए कि दूध का जला छाँछ भी फूंक-फूंक कर पीता है|"

पम्मी का मन आज भी परितोष का कृतज्ञ है जिसके कारण विशु को हमेशा उसके रूप में एक अभिभावक की सरपरस्ती मिली |

विशु के साथ-साथ परितोष की बेटियां भी बड़ी हो रही थी |एक मेडिकल के अंतिम वर्ष में थी और दूसरी ने क्लैट क्वालीफाई कर लॉ कॉलेज में एडमिशन लिया था |उसे अब अपनी बेटियों की शादी की चिंता भी होने लगी थी | वह अपनी यह चिंता कभी कभी उससे शेयर करता और यह बताना भी न भूलता कि कहाँ- कहाँ लड़का देखने गया |

वह दिन उसे आज भी याद है जब परितोष ने उसे ऐसी बात बताई जिसकी कल्पना तक उन्होंने नहीं की थी | उस शाम वह अपने किसी काम के लिए उसके घर गयी थी | नेहा भाभी चाय बनाने अन्दर गयी तब उसने बताया –

"प्रमिला जी आपको जानकर आश्चर्य होगा कि बेटी की शादी के लिए मैं जहां जाता हूँ वहां आपके बारे में लोग जरूर पूछते हैं ...".

"मेरे बारे में क्यों ....मेरा तो यहाँ कोई लेना देना भी नहीं है ..".

"वही तो बताने जा रहा हूँ ...पहले पहल तो मैं भी सीधे- सीधे जवाब दे देता था | बाद में उनके बोलने के तरीके से पता चला कि वे हमारे सम्बन्ध को गलत नजर से देखते हैं |"

"क्या ....उसे तो जैसे पैरों तले जमीन खिसकती मालूम पड़ी .....किसी तरह गले से थूक निगलते हुए कहा – क्या नेहा भाभी जानती हैं ?"

"हाँ, मैंने ही तो इन्हें बताया कि लोगों के ऐसा पूछने के पीछे क्या कारण है | आपलोग काम के सिलसिले में हर जगह साथ दिखेंगे तो लोग तो शक करेंगे ही |भले आप लोगो के बीच ऐसा कुछ नहीं है लेकिन समाज का मुंह तो बंद नहीं कर सकते न |"

"तब तो भाभी ,हमें सावधान रहना होगा "– उसने कहा था |

"हाँ प्रमिला जी ,अब हमें थोड़ी दूरी तो बनानी होगी | बार-बार मिलना, चाहे काम के सिलसिले में ही क्यों न हो, कम करना होगा | जरूरत की बातें फोन पर भी हो सकती हैं |"

"हाँ ,यही सही भी रहेगा ताकि किसी को उंगली उठाने का मौका नहीं मिले |"--नेहा ने परितोष के समर्थन में कहा |

उसके बाद से परितोष से उसका मिलना लगभग न के बराबर रह गया था |

विशु का लास्ट ईयर था |उसका कैम्पस सेलेक्शन हनीवेल कम्पनी में हो गया था |परीक्षा के बाद ज्वाइन करना था | ज्वाइन करवाने वह भी उसके साथ गुडगाँव गयी थी | पापा के कहने पर ऑफिस से लगभग तीन महीने छुट्टी लेकर उसके साथ रही |कुछ दिनों तक तो उसका घर ठीक करने में लगी रही लेकिन बाद में मन उचटने लगा | हमेशा काम करनेवाली वह समय जैसे काटने दौड़ता क्योंकि विशु तो ऑफिस में लगा रहता |किसी तरह तीन महीने बीते |

तीन महीने बाद जब वह लौटी तो दूसरे दिन ही परितोष का फोन आया कि वह शाम में सबसे मिलने उनके घर आ रहा है | उसने कारण नहीं पूछा क्योंकि ऐसा मिलने जुलने का प्रोग्राम अक्सर होता रहता था |

शाम में नेहा भाभी और परितोष दोनों ही आए |पापा- मम्मी और भैया- भाभी के साथ चाय और नाश्ते के बीच बातचीत का दौर भी चल

रहा था तभी परितोष ने अपने आने का कारण बताया |

" सर, आज मैं और नेहा आपसे कुछ मांगने आए हैं | हम चाहते है कि इतने दिनों की हमारी जान -पहचान रिश्तेदारी में बदल जाए |"

" ये तो अच्छी बात है लेकिन कैसे ?" पापा ने पूछा था |

"आप तो जानते ही हैं कि मेरी बड़ी बेटी का मेडिकल में लास्ट ईयर है.....छः महीनों में वह डॉक्टर बन जाएगी | अगर आप सबको आपत्ति न हो तो मैं उसके लिए विशु को मांगता हूँ |"

उसके साथ -साथ सब चौंक उठे थे | किसी के कुछ बोलने के पहले ही वह कह उठी थी –"यह कैसे संभव है बचपन से वह विशु को राखी बांधती आ रही है और विशु भी आपलोगों को मामा- मामी बोलता है |"

"हाँ, मैं मानती हूँ पर अडोस-पड़ोस में ऐसी राखियाँ तो बाँधी ही जाती हैं और ऐसे संबोधन काका ,मामा चाचा से बच्चे बड़ों को पुकारते ही हैं | इससे वही रिश्ता हो ये जरूरी तो नहीं है | फिर ये कोई सगे भाई-बहन थोड़े ही हैं |" नेहा भाभी ने कहा था |

"वो तो है फिर भी .....उसे अभी भी उनकी बात ठीक नहीं लग रही थी |

"इतना क्यों परेशान हो रहे हो दोनों बच्चों से पूछ लो अगर उन्हें आपत्ति न हो तो ठीक है "–अपनी तरफ से बात ख़त्म करने के इरादे से पापा ने कहा |

"मेरी बेटी को कोई ऐतराज नहीं है ....मैं उससे बात करके आया हूँ |" परितोष ने कहा था |

"तब ठीक है परितोष ,हम विशु से बात करके तुम्हें बताते हैं "--कहते हुए विजय उठ खड़े हुए और उनके उठते ही परितोष और नेहा भी जाने के लिए उठ खड़े हुए |

उस रात भी इसी उलझन में उसे नींद नहीं आई थी | विशु से पूछने पर उसने यह कहकर सब कुछ उसी पर सौंप दिया कि जैसा आपको सही लगे कीजिये | पर उसका मन इस रिश्ते को स्वीकार नहीं कर पा रहा था इसलिए उसने मना कर दिया | रिश्तों में थोड़ी तल्खी आई पर परितोष ने जाहिर नहीं होने दिया था |

इन सब के बावजूद विशु की मौत की सूचना विजय से मिलते ही वह भागा-भागा आया था और उनको हौसला देने के लिए उनके साथ लखनऊ भी गया |

उन कठिन परिस्थितियों में वह उसका भी मानसिक संबल बना था | सदमे की हालत कई बार वह उसे पकड़कर रो पड़ती थी ऐसी हालत में भी वह बड़े धैर्य से उसके साथ पेश आता, अलग बैठा कर समझाने की कोशिश करता , हिम्मत देने की कोशिश करता |

सच में परितोष को आज वह बहुत मिस कर रही थी | घर से निकलने की बात भी उसने उसे नहीं बताई थी | एक लम्बी सांस लेकर उसने अपनी आँखे बंद कर ली |आँखें बंद होते ही कोर पर अटकी बूंद गालों पर लुढ़क पड़ी | लगभग दस मिनट में जरा मन शांत हुआ तो आँखें खोलकर लेटे-लेटे उसने दीवार पर टंगी घड़ी पर नजर डाली दोपहर का एक बज रहा था |

अरे बहुत देर हो गयी |

कल भी लंच के समय पर वह नहीं थी और आज भी कमरे में ही है ...क्या सोचेंगे सब ..उसे वहां जाना चाहिए ... यह सोचकर वह उठी ..अपने बालों और कपड़ों को ठीक किया फिर कमरे से बाहर निकली |

रूचि की मम्मी आ चुकी थी और ड्राइंग रूम में दोनों माँ -बेटी बातों में व्यस्त थीं |

"क्या मैं भी आपकी गोष्ठी में शरीक हो सकती हूँ ?" – पम्मी के ऐसा कहते ही दोनों का ध्यान उसकी ओर गया और स्नेहलता जी ने उठकर उसका स्वागत करते हुए कहा –

"अरे आइये न ...आप आराम कर रही थी न इसलिए आपको नहीं बुलाया ..बैठिये न ,कोई खास बात नहीं हो रही थी |"

"अरे कुछ नहीं आंटी, मम्मी मुझे बच्चे पालने के टिप्स दे रही थी |" रूचि ने कहा |

"ठीक तो कर रही हैं, तुम कितना भी इस सम्बन्ध में किताब पढ़कर ,गूगल में सर्च कर जान लो लेकिन मम्मी से बेहतर कोई नहीं बता पाएगा क्योंकि उनके पास बच्चे पालने का अनुभव है क्यों स्नेहलता जी ....

"यही तो मैं इसे बताना चाह रही थी पर आप जानती हैं न आजकल के बच्चे कहाँ हमारे अनुभवों को अहमियत देते हैं।"

"क्या मम्मी, आप भी न ...कितने ध्यान से मैं आपकी बातें सुन रही थी"...आँखें नचाते हुए रूचि ने कहा।

सब हंस पड़े।

"बातें बनाना तो कोई तुझसे सीखे"...कहते हुए स्नेहलता जी ने पम्मी की ओर देखा।

"अच्छा मम्मी, आप दोनों बातें कीजिए मैं जरा गोलू को देखकर आती हूँ।"

"प्रमिला जी ,आई एम वेरी सॉरी आज कॉलेज में जरा काम कुछ ज्यादा था इसलिए जल्दी जाना पड़ गया था ....आपसे सुबह मिलना हो न सका।"

"आप क्यों क्षमा मांग रही हैं ...अरे इसमें मेरी गलती थी ...रात नींद जरा देर से आई और सुबह जल्दी आँख न खुल सकी।"

"क्या हुआ? कौन किससे किस बात की क्षमा मांग रहा है?" गोलू को गोद में लिए रूचि ने अन्दर आते हुए पूछा।

"अरे कुछ नहीं ,मैं जरा अन्दर देखकर आती हूँ कि खाने की क्या स्थिति है। स्नेहलता जी यह कहते हुए अन्दर चली गयीं।

गोलू भी बार बार बाहर की ओर हाथ बढ़ाकर बाहर ले चलने की जिद कर रहा था इसलिए रूचि ने पम्मी को कहा – "आंटी, मैं थोड़ी देर इसे बाहर पेड़- पौधे, चिड़िया दिखा कर लाती हूँ ....ये गए बिना मानेगा भी नहीं.... तब तक आप यहाँ रखी मैगजीन से मन बहला सकती हैं।"

"नहीं...नहीं तुम मेरी चिंता मत करो ...इसे बाहर से घुमाकर ले आओ ... मैं यहाँ बैठी हूँ।"कहते हुए सामने रखे अखबार को उठा लिया। वैसे भी तीन -चार दिनों से अपने उधेड़बुन में दीन-दुनिया की ख़बरों से बेखबर थी।

5

बदलती तस्वीरें

किसी एक ही बात को अलग -अलग नजरिये से देखते हैं तो अलग-अलग रूप में हमारे समक्ष अभिव्यक्त होती हैं| कभी-कभी सोचने के ढंग से ही उसमें जमीन आसमान का अंतर आ जाता है और हम विस्मय में पड़ जाते हैं कि इस तरीके से हमने क्यों नहीं सोचा|

कुछ ऐसा ही बदलाव पम्मी के जीवन में भी आनेवाला था जिससे वह बेखबर थी|

पुणे जंक्शन पर हमसफ़र एक्सप्रेस को आये पांच मिनट हो चुके थे | सुबह की बदन को सिहराती हवा ......पम्मी ने अपने शाल को संभाला और दरवाजे पर आकर कुली को आवाज लगाई| एक कुली भागता हुआ आया| पम्मी उसे सामान उतारने को कह खुद नीचे उतरी| कुली ने सामान उतारा और पूछा – "मेमसाहब स्टेशन के बाहर टैक्सी स्टैंड तक जाने के 200 लगेंगे|"

"नहीं, मुझे यहाँ के वेटिंग रूम तक जाना है और बाद में पुणे बी.एस.एल एक्सप्रेस पकड़कर नासिक जाना है|तो क्या तुम उस समय मुझे उस ट्रेन में बिठा सकोगे?"

"क्यों नहीं, लेकिन वो तो 11.40 पर आती है ...उतनी देर इन्तजार करना पड़ेगा इसलिए 300 से कम नहीं लूंगा|"

"ठीक है भैया, चलो "...नई जगह होने के कारण पम्मी ने ज्यादा मोलभाव करना मुनासिब नहीं समझा|

कुली ने उसे उसके टिकट के अनुसार सेकेण्ड क्लास वेटिंग रूम में ठहरा दिया और जाते समय कहकर गया –"आपके ट्रेन के टाइम पर मैं यहीं आस-पास रहूँगा .... घब्रराइएगा नहीं |"

पम्मी ने वेटिंग रूम में चारों तरफ नजर दौडाई | इतनी सुबह में पूरा कमरा लगभग खाली ही था |एक कोने में एक बुजुर्ग पति-पत्नी बैठे थे और उनसे चार सीटें छोड़कर एक 20-22 साल की लड़की बैठी थी| शायद स्टूडेंट थी और घर या होस्टल जा रही होगी यह उसके साथ के सामान को देखकर लग रहा था | वेटिंग रूम काफी साफ़ था | कोने में डस्टबिन रखा था | दीवार पर ट्रेन -टाइमटेबल टंगा था |

पम्मी ने एक लम्बी सांस ली और जो चार सीटें खाली थीं वही जाकर बैठ गयी और सामान को अपने पास लगा लिया | थोड़ी देर तक पीछे सर टिकाकर आँखे बंद किये पांच-छः दिनों में बदलते घटनाक्रम के बारे में सोचने लगी | तभी किसी ने उसे कंधे से हिलाया ...उसने घबरा कर आँखें खोल दीं | देखा सामने वही लड़की खड़ी थी जो उसे स्टूडेंट प्रतीत हो रही थी |

"क्या हुआ ....उसने घबराकर पूछा |"

"कुछ नहीं आंटी ,जरा मैं वाशरूम जा रही हूँ ....मेरा सामान यहाँ पर है...... थोड़ा ध्यान रख लेंगी ...बस|"

पम्मी ने उसे गौर से देखा और कुछ कहे इससे पहले ही वह बोल पड़ी --- "प्लीज आंटी.... इट्स अर्जेंट.... प्लीज ..."

न चाहते हुए भी उसने सर हिलाते हुए कहा – "ठीक है ,पर देर मत करना |"

और वास्तव में उसने देर नहीं की ,पांच मिनट में ही लौट आई |

आते ही कहा – "थैंक्स आंटी .....अच्छा आंटी मैं बाहर से कुछ खाने का देखने जा रही हूँ ...आपके लिए भी ले आऊँ ...चिंता मत कीजिए जो लाऊँगी उसके पैसे ले लूंगी |"

उसके हाँ में सिर हिलाते ही वह बाहर चली गयी | वह सोचने लगी कि आज के बच्चे कितनी आसानी से अनजान लोगों के साथ घुल-मिल जाते हैं | एक हमारा समय था अनजान लोगों के सामने बोलती ही बंद रहती थी |

थोड़ी देर में ही दो चाय के ग्लास और दो बड़ा पाव लिए वह लड़की घुसी – "आंटी जल्दी पकड़ लीजिए चाय का ग्लास ... गर्म है हाथ से छूट रहा है |"

पम्मी ने जल्दी से उठकर ग्लास पकड़ लिया | सचमुच इस समय उसे चाय की तलब महसूस हो रही थी | सामने की खाली सीट पर खाने का सामान रखते हुए उसने उससे कहा –" मैं जरा फ्रेश होकर आती हूँ |"

"जल्दी आइयेगा क्योंकि चाय ठंडी हो जाएगी |"

पम्मी ने बैग से छोटा टॉवल निकाला और वाशरूम की तरफ गयी | फ्रेश होकर लौटी और चाय पीने लगी | चाय पीकर वह थोडा अच्छा महसूस कर रही थी |

"आंटी बड़ापाव भी खाइए न ...अच्छा बना है |"

"थोड़ी देर में खाती हूँ ...दरअसल इतनी सुबह कुछ खाने की आदत नहीं है न | वैसे तुम्हारा नाम क्या है ?"

"मेरा नाम श्वेता है और मैं नागपुर में रहती हूँ |मैं नासिक के फाइन आर्ट्स कॉलेज में पढ़ती हूँ और वहीं जा रही हूँ और आप आंटी ?"

"मुझे पंचवटी जाना है इसलिए नासिक में मुझे उतरना है |"

"पंचवटी .. ...वह तो नासिक से लगभग 7-8 किलोमीटर दूर है ...आप वहां से किसी ऑटो या टैक्सी से जा सकती हैं |"

अचानक उसके फोन की घंटी बजी और वह बात करने में लग गयी | पम्मी ने भी सर कुर्सी के पीछे टिका कर आँखे मूंद ली | अपने जीवन में बदलते हालात से वह खुद हैरत में थी | घर को छोड़ते समय वह किसी नतीजे पर नहीं पहुंची थी कि वह कहाँ जाएगी और क्या करेगी |पर अभी तो कुछ उम्मीद की किरण दिखाई पड़ने लगी थी |

रूचि से मिलने के बाद से उसके सोचने की दिशा ही बदल गयी थी | उस दिन जब रूचि गोलू को लेकर बाहर घुमाने ले गयी थी तो उसने मेज पर रखे अखबार को उठा लिया था | बहुत दिनों के बाद वह अखबार पढ़ रही थी |

आज अखबार के रोजगार और नौकरी वाले पेज में उसकी रूचि थी इसलिए उसी पेज पर पहुंची | ध्यान से वह देखने लगी कि कहीं उसके लायक नौकरी की वेकेंसी है या नहीं |अंत में निराशा ही हाथ लगी |

अभी वह पन्ने पलटने ही वाली थी कि कोने में एक वेकेंसी दिखाई पड़ी | नासिक से थोड़ी दूर पंचवटी के 'बाल विकास मंदिर' में अंग्रेजी शिक्षक के पद के लिए आवेदन मांगे गए थे | अंत में प्रिंसिपल सिद्धेश्वरी गुप्ता के हस्ताक्षर थे | अंतिम तारीख चार दिनों बाद की थी |

बस उसने निर्णय ले लिया कि उसे वहां जाकर इस नौकरी को पाने की कोशिश करनी ही होगी | उसके पास डिग्री के साथ एक्सपीरीएंस भी था | अब उसके सामने समस्या यह थी कि इस परिवार को क्या बात बताकर यहाँ से निकले |

तबतक रूचि गोलू को लेकर अन्दर आ गयी |

"चलिए आंटी लंच करने .....गोलू आंटी को बता तो दो तूने बाहर क्या- क्या देखा .....चिड़िया ...पेड़... तितली ...अच्छा बता तो बेटा क्या खाएगा" ...गोलू से बात करते हुए वह अन्दर जाने लगी |

पम्मी भी उसके पीछे गयी | भोजन के बाद सबलोग अपने कमरे में आराम करने जाने लगे तो पम्मी ने रूचि से कहा – "रूचि, जरा आज का अखबार मुझे ला देना , आधा ही पढ़ा था | पूरा पढ़ भी लूंगी और समय भी कट जाएगा |"

रूचि ने अखबार लाकर दिया और वह उसे लेकर अपने कमरे की ओर बढ़ गयी |कमरे के अन्दर घुसते ही उसने अखबार खोलकर वह पेज निकाला जहां वेकेंसी की सूचना थी |बैग से डायरी और पेन निकाल कर सब कुछ नोट किया | पंचवटी के 'बाल विकास मंदिर' तक जाने का रूट और ट्रेन के बारे गूगल पर सर्च करने लगी | उसे किसी भी हालत में कल यहाँ से निकलना होगा यही सोचकर दूसरे दिन की ट्रेन टाइम देखने लगी |

नागपुर जंक्शन से पुणे हमसफ़र एक्सप्रेस दोपहर 2 बजकर 15 मिनट में खुलती थी और सुबह 6.25 पर पुणे जंक्शन पहुंचा देती थी | यह उस के लिए ठीक था क्योंकि थोडा समय मिल जा रहा था |उसके बाद वहीं से 11.40 पर नासिक जाने के लिए पुणे एक्सप्रेस मिल रही थी जो 5 बजकर 47 मिनट पर नासिक पहुँचती थी | पंचवटी वहां से 7-8 किलोमीटर दूर है तो वहां कोई टैक्सी या ऑटो लेकर जाया जा सकता था |

इतनी सारी जानकारी इकट्ठा करने के बाद उसने ऑन लाइन सेकेण्ड क्लास का टिकट 1670/में लिया और निश्चिंत होकर लेट गयी | उसने मन ही मन यह भी तय कर लिया कि कल सबको क्या बोलकर यहाँ से निकलेगी |

शाम को जब चाय के लिए सब एकसाथ ड्राइंग रूम में बैठे तबतक सुखदेव जी भी आ चुके थे |रूचि गोलू को बिस्किट खिलाने में लगी थी | सभी चाय की चुस्कियां ले रहे थे तभी सुखदेव जी पम्मी से पूछ बैठे ---

"तो प्रमिला जी आप के मिलनेवाले का कोई संदेशा आया कि नहीं ?"

"जी, मैं अभी आपलोगों को यही बताने वाली थी कि वह अभी बिजनेस के सिलसिले में पुणे में है और मुझे वहीं बुलाया है| इसलिए मुझे कल दोपहर की ट्रेन से पुणे जाना होगा |"

"दोपहर की ट्रेन यानी पुणे हमसफ़र एक्सप्रेस से ?" स्नेहलता जी ने पूछा |

"जी हाँ |"

"आपके साथ ये दो दिन कैसे कट गए पता ही नहीं चला ...कुछ और दिन रहती तो अच्छा लगता | खैर, कल हमारा ड्राइवर आपको स्टेशन छोड़ देगा ..चिंता मत कीजिए |"

"कौन कहाँ जा रहा है ?" गोलू में व्यस्त रूचि ने पूरी बात नहीं सुनी थी इसलिए जाने की बात सुनकर चौंक गयी थी |

"अरे, तुम्हारी आंटी कल जा रही हैं ....तुम्हारा ध्यान कहाँ रहता है ?" –स्नेहलता जी ने कहा |

"सच में आंटी ...इतनी क्या जल्दी है ....आपके रहने से कितना अच्छा लग रहा था ..दो तीन दिन बाद चले जाइएगा न |" रूचि ने इसरार करते हुए कहा लेकिन उसकी आँखें कुछ और ही पूछ रहीं थीं |

पम्मी ने उसकी आँखों को पढ़ लिया और जल्दी से कह उठी – "जाना ही होगा ..बिजनेस की बात है नहीं तो घाटा हो जाएगा |"

"और हाँ ,आप सबका मैं अपने ह्रदय से धन्यवाद देती हूँ कि इस अनजान नगरी में आपने अपने घर जैसा माहौल दिया |" पम्मी ने सुखदेव जी और स्नेहलता जी से कहा |

"कैसी बातें करती हैं आप ! रूचि के मेहमान हमारे भी मेहमान हैं | इतना तो हम कर ही सकते हैं|" इस बार सुखदेव जी बोल उठे |

"ठीक है ,जाइए ....आपको अनुमति दी जाती है पर स्टेशन छोड़ने आपको मैं जाऊंगी और इस कार्य के लिए मुझे कोई रोकेगा नहीं |" रूचि ने नाटकीय अंदाज में कहा |

"हुजूर आपको रोकने की हिम्मत यहाँ भला किसमें है ....अवश्य छोड़ने जाइए |" सुखदेव जी ने भी नाटकीय अंदाज में ही अनुमति दे दी |

सबके होंठों पर मुस्कान बिखर गयी |

सुबह से पम्मी रूचि के सामने जानबूझकर अपने को जाने की तैयारी में इतना व्यस्त दिखला रही थी कि रूचि उससे कुछ ऐसा न पूछ बैठे जिसका उत्तर देना उसके लिए मुश्किल हो जाए | लेकिन रूचि से बचना मुश्किल था | जैसे ही उसके मम्मी- पापा अपने काम पर गए उसने उसे पकड़ ही लिया |चाय के दो कप लेकर वह उनके कमरे में ही आ गयी |

"तब पूरी तैयारी हो चुकी .....चलिए न बाहर बैठ कर चाय पीते है ... अच्छी धूप खिली हुई है और गोलू भी सो गया है |

"ठीक है तुम चलो मैं दो मिनट में बैग बंद कर आती हूँ | 'बचने का कोई उपाय न देखते हुए उसने कहा |

"ठीक है, लेकिन दो मिनट में ही आ जाइएगा वरना ....वर्ना....वर्ना ...

"वरना क्या ..."

"वरना चाय ठंडी हो जाएगी ... .कहती हुई वह आँखें चमकाती मुस्काती बाहर की ओर चल दी |

पांच मिनट बाद ही दोनों लॉन में रखी कुर्सियों पर आमने -सामने बैठी थीं |

"तब आंटी, पुणे में किसके यहाँ जा रही हैं ? मेरी पढ़ाई तो वहीं से हुई है मैं आपको गाइड कर सकती हूँ | अगर आप चाहे तो ..." रूचि ने बात शुरू की |

"नहीं ..नहीं इसकी जरूरत नहीं पड़ेगी | मेरी सहेली ने एक होटल का एड्रेस दिया है वहीं जाना है |"

नजरें चुराते हुए पम्मी ने उत्तर दिया |

"पता नहीं मुझे ऐसा क्यों लग रहा है कि आप मुझसे कुछ छिपा रही हैं |आप को पुणे में कोई काम नहीं है |आप यहाँ से जाने के लिए बहाना बना रही हैं |अगर मैं गलत नहीं हूँ तो आप नौकरी की खोज में जा रही हैं |" रूचि की भेदती नजरों ने पम्मी को पढने की कोशिश की |

"ये कैसे अपने मन से कह सकती हो ....मुझे नौकरी से क्या लेना ..मेरा तो अपना बिजनेस है |" पम्मी ने सफाई देते हुए कहा |

"तो फिर ये क्या है ?" उसने बगल से एक अखबार निकालकर उसी वेकेंसी को दिखाते हुए कहा जिसे पम्मी ने पेन से गोल घेर दिया था |

अब पम्मी को काटो तो खून नहीं....अब कुछ भी छिपाना बेकार था |लेकिन वह चुप सर झुकाए बैठी रही |

"आंटी, प्लीज कुछ कहिये न ,आखिर बात क्या है ?वैसे भी आप तनाव में हैं |आप कुछ बताएंगी तो हो सकता है मैं आपकी कुछ मदद कर सकूँ |"

"मैं अब तुमसे क्या कहूँ .....तुमसे कुछ छिप भी तो नहीं सकता | वैसे मैं सब कुछ तो नहीं बता सकती बस इतना कह सकती हूँ घर से मैं निकली हूँ ताकि अपने को थोडा समय दे सकूँ और खुद को जान सकूँ | किसी अनजान जगह में अनजान लोगों के बीच रहकर अपने को परख सकूँ | इसलिए वहां वेकेंसी देखकर जाने की बात सोची |"

"सही है......कई बार एक ही वातावरण में रहते हुए हम नकारात्मकता से घिर जाते हैं और हमारी विवेक शक्ति कमजोर पड़ने लगती है तो ऐसे में थोड़ी देर के लिए वैसे माहौल से निकलना हमारे लिए फायदेमंद ही होता है क्योंकि फिर हम अपने पुराने परिवेश में ज्यादा उत्साह से जुड़ पाते हैं |"

"ठीक है बाबा , पहले जाने तो दो फिर देखती हूँ कितनी सफलता मिलती है |"

"नहीं आंटी, आपको सफलता जरूर मिलेगी हमसब की शुभकामनाएं आपके साथ है |चलिए आधे घंटे में हमें निकलना होगा | मैंने कुक भैया से कहकर आपके रास्ते के लिए कुछ खाने की चीजें रखवा दी हैं |" रूचि ने उठते हुए कहा |

"इसकी कोई जरुरत नहीं रूचि ...बेकार में परेशान हो रही हो |"

"जरुरत कैसे नहीं आखिर मेरी आंटी अकेले अनजान जगह जा रही हैं ...ऐसी हालत में ये थोड़े समय के लिए तो साथ निभाएगा ही | मैं लेकर आती हूँ | तबतक आप अपने लगेज को फाइनल टच दे दीजिए |"

पम्मी को निरुत्तर रह जाना पड़ा | थोड़ी ही देर में वह खाने के सामान के साथ लौटी |बैग उसे पकडाते हुए उसने एक पेपर पर कुछ लिखकर देते हुए पम्मी से कहा –

"और आंटी इस कागज़ को संभालकर रख लीजिए इसमें यहाँ के एड्रेस और फोन नंबर के साथ मैंने अपना भी पता और फोन नंबर लिख दिया है | किसी भी समय किसी भी काम के लिए अगर आपको हमारी जरुरत महसूस हो बेहिचक हमसे संपर्क कीजिएगा |"

"थैंक यू" कहते हुए पम्मी ने वह पेपर लेकर सावधानी के साथ अपने हैंडबैग में रख लिया |

एक बार फिर से अपने सामान पर नजर डाली कहीं कुछ छूट तो नहीं रहा है फिर संतुष्ट होकर जाने की तैयारी करने लगी |

6

नया माहौल

"मेमसाहब ...मेमसाहब ,चलिए गाडी आने का समय हो चुका है ..... कानों में यह आवाज आते ही पम्मी ने हडबडाकर आँखें खोल दी |देखा तो कुली सामने खड़ा उसे आवाजें लगा रहा था |उसने आस- पास देखा अधिकांश लोग जा चुके थे |श्वेता भी नहीं थी | कुली सामान उठाने लगा और वह भी जाने के लिए उठ खड़ी हो गयी |

प्लेटफ़ॉर्म नंबर 4 तक पहुँचते ही ट्रेन आकर लगी और वह अपनी बोगी में चढ़ी और उसके पीछे- पीछे कुली सामान के साथ चढ़ा | अपनी सीट के पास पहुँच कर कुली से सामान सीट के नीचे रखवाया और उसे 300 रुपए देकर विदा किया |पांच मिनट में ही गाडी खुल गयी |दिन का समय था इसलिए उसकी सीट पर भी तीन-चार लोग आकर बैठ गए थे |

अब उसे हलकी भूख महसूस होने लगी थी | इसलिए उसने रूचि द्वारा दिए गए स्नैक्स के डब्बे को खोला तो देखा कि उसमें मठरी, नमकीन और लड्डू थे | उसने पेपर प्लेट में दो मठरी,कुछ नमकीन और एक लड्डू निकाला और धीरे-धीरे खाने लगी साथ ही बाहर के नज़ारे का आनंद भी लेने लगी |

अगले स्टेशन पर गाडी के रुकते ही फेरीवालों ने आवाज लगानी शुरू कर दी | पम्मी ने एक चायवाले से चाय खरीदी और धीरे-धीरे पीने लगी | चाय के बाद उसने आँखें बंद कर आराम करना चाहा | ट्रेन शायद किसी पुल से होकर गुजर रही थी उस आवाज से उसकी आँख खुली |उसने कलाई में बंधी घड़ी में समय देखा 4 बजने में दस मिनट बाकी थे | अभी

तो पहुँचने में लगभग 2 घंटे हैं सोचकर वह बाहर के दृश्य देखने लगी |

दिसंबर का महीना था इसलिए किसान प्याज की बुवाई के लिए जमीन तैयार करते दिखाई पड़ रहे थे| कहीं कोई हल चलाता दिख रहा था तो कही मिटटी बराबर करते हुए |इस समय मौसम भी सुहावना हो चला था | पम्मी इन्हें देखने में ऐसी रमी कि कब नासिक आ गया पता ही नहीं चला |

ट्रेन के रुकते ही उसने अपना सामान संभाला और निकलने की कोशिश कर ही रही थी कि बाहर से ही एक कुली ने आवाज लगाई |उसने उसे बुलाकर उसकी मदद ली | स्टेशन पर उतरकर उसने चारों ओर देखा |

चारो ओर भीड़ के अलावा कुछ भी दिखाई नहीं दे रहा था |उसे पता था कि भारत के सबसे व्यस्ततम रेलवे स्टेशनों में से एक है यह | इसलिए सामने बेंच पर बैठ भीड़ कम होने का इन्तजार करने लगी | तभी सामने से आती एक संभ्रांत महिला जो उम्र में 55-60 की लग रही थी, पम्मी के पास आकर रुक गयी |

थोड़ी देर उसे एकटक देखती रही फिर पूछ ही बैठी---"क्या आप प्रमिला राठौड़ हैं ?"

पम्मी पहले अचकचाई क्योंकि वह उस महिला को नहीं पहचान पा रही थी , फिर बोल उठी – "जी हाँ! पर आप मुझे कैसे जानती हैं ?"

"अरे पम्मी, मुझे पहचाना नहीं मैं तुम्हारी सिद्धि दी "....वह बड़ी आत्मीयता से बात करने लगी |

"सिद्धि दी... पम्मी आश्चर्य से उठ खड़ी हुई ...कैसे पहचानूँगी ...कहाँ वो पतली दुबली सिद्धि दी और अब ये गोल सिद्धि दी ...दी आप यहाँ कैसे ?"

"अरे यहीं तो मैं रहती हूँ पर तुम राजस्थान से यहाँ कैसे ?"

"मैं यहाँ पंचवटी में एक काम से आई हूँ |"

"अच्छा यह बताओ यहाँ कहाँ ठहर रही हो ?"

"ये अभी तय नहीं किया है ...देखती हूँ किसी होटल में एक कमरा मिल जाए |"

"अच्छा, अब यहाँ मेरे रहते होटल में रुकोगी, यह मैं होने नहीं दूंगी ....चलो मेरे साथ मेरे घर |"

"आपको परेशानी होगी दी ...काम होने पर मैं आकर आपसे मिल लूंगी न |"

"मुझे कुछ नहीं सुनना ...कुली ... इन मेम साहब का सामान लेकर मेरे पीछे- पीछे आओ | चल पम्मी |" सिद्धि ने उसे अपने साथ खींचा | वह उनके साथ चलने लगी लेकिन वह अभी भी नहीं समझ पा रही थी कि यह उसके साथ क्या हो रहा है |

स्टेशन से बाहर निकलकर एक गाडी के पास पहुँची | ड्राइवर तुरंत बाहर निकला| वह उसे कुछ निर्देश देने के बाद पीछे की सीट पर पम्मी को लेकर बैठ गयी |

गाडी उसके घर की ओर दौड़ पड़ी | सिद्धि ने रास्ते में गाडी से उतरकर कुछ फल और सब्जी खरीदी |करीब 15 मिनट में गाडी सिद्धि के घर के सामने खडी थी | एक सुन्दर सा बंगला जैसा घर था जिसकी बालकनी छोटे गमलों से सजी थी |

"लो आ गयी अपनी छोटी सी कुटिया ....आ पम्मी, संकोच मत कर ...पूरे रास्ते चुप बैठी रही ...अरे मैं तेरी बड़ी बहन जैसी हूँ ...इसे अपना ही घर समझ |" सिद्धि ने कहते हुए अपनी चप्पल बाहर बरामदे में उतारकर दरवाजे पर लगे कॉलबेल को दबाया |

घर की नौकरानी ने दरवाजा खोला |

"पम्मी जब तक गाड़ी से तू सामान अन्दर रखवा मैं चाय- पानी की व्यवस्था कर के आती हूँ|" पम्मी कुछ कहे तब तक सिद्धि अन्दर चली गयी |

ड्राइवर सामान ला चुका था |नौकरानी को पता था कि मेहमान को कहाँ ठहराया जाता है इसलिए वह सामान लेकर गेस्ट रूम में रखने जा ही रही थी कि अन्दर चाय के लिए बोलकर सिद्धि आ चुकी थी |

"रधिया मैडम का सामान गेस्ट रूम में रखकर चाय बिस्किट लेकर आ |"उसने नौकरानी को निर्देश दिया|

"बैठ पम्मी ....पहले चाय पी लेते हैं फिर फ्रेश होकर आराम करना ....कब की निकली हुई है.... काफी थकी हुई लग रही है |" एक सोफे पर

धंसते हुए सिद्धि ने कहा।

पम्मी भी बगल के सोफे पर बैठ गयी और चारों तरफ देखने लगी। कमरा काफी सुरुचिपूर्ण ढंग से सजा था।दीवार पर कुछ तस्वीरें टंगी थी।बाएं कोने में एक इंडोर प्लांट लगा था और दाहिने कोने में एक टेबल लैंप जल रहा था।सामने दीवार से लगी एक लकड़ी की रैक थी जिस पर मेडल्स, शील्ड और कप सजाकर रखे हुए थे।सबसे ऊपर वाली रैक पर फैमिली फोटोग्राफ था।

"क्या देख रही है? कमरे की सजावट ....अरे, मुझे ये सब चीजें ज्यादा नहीं आती हैं ...बस मैं जरा सफाई पसंद हूँ।" सिद्धि ने पम्मी को टोकते हुए कहा।

"नहीं दी, कितना सुन्दर तो कमरा सजा रखा है।" पम्मी ने कहा।

उसी समय रधिया चाय लेकर आई।चाय के साथ बिस्किट और गरमागरम पकौड़े भी थे।

"लो, चाय लो साथ में गरमागरम पकौड़े भी..." कहकर सिद्धि ने एक कप पम्मी की ओर बढ़ाया और दूसरा कप खुद लेते हुए पकौड़े की प्लेट भी उसके आगे की।

"क्यों शर्मिंदा करती हैं दी..... मैं खुद ले लूंगी न" ...कहते हुए उसने एक पकौड़ा उठा लिया।

चाय का पहला सिप लेते ही पम्मी को बड़ा अच्छा लगा।बड़े दिनों बाद उसने इतनी अच्छी चाय पी थी।

"दी, चाय बड़ी अच्छी बनी है और पकौड़े भी बड़े करारे हैं। सच में सारी थकान उतर गयी।"

"अरे, क्या बताऊँ चाय मेरी बड़ी कमजोरी है और वो भी अच्छी मसालेदार चाय। पहले खुद ही बनाती थी पर अब रधिया को भी सिखा दिया है। वह भी अब अच्छा बना लेती है।"

"मैं तो उतनी चाय प्रेमी नहीं हूँ पर अच्छी चाय मिले तो नहीं छोडती हूँ।" चाय का आखिरी घूँट लेते हुए पम्मी ने कहा।

"साढे सात बज चुके हैं ...चल अब तू भी फ्रेश होकर कुछ देर आराम कर ले ....साढे आठ बजे हम डिनर टेबल मिलते है तब हम ढेर सारी बातें करेंगे। आ तेरा कमरा दिखा देती हूँ।"सिद्धि ने उठते हुए कहा।

पम्मी ने कमरे में पहुंचकर बैग से अपने कपड़े और टॉवेल निकाले और बाथरूम में उन्हें रखकर गीजर ऑन कर दिया | वह जानती थी कि बिना नहाए उसकी थकान दूर नहीं होगी | कल से अभी तक वह उन्हीं कपड़ों में थी | नहाने के बाद वह अपने को तरोताजा महसूस कर रही थी |उसने कंघी की और काली बिंदी लगाकर दीवार पर टंगी घड़ी की ओर देखा आठ बज रहे थे |

"सिद्धि दी ने तो डिनर साढ़े आठ बजे बोला है ....अभी आधा घंटा समय है थोड़ी कमर सीधी कर लेती हूँ".. सोचकर वह लेट गयी |

उसे गुजरात के मेहसाणा की याद आ गयी जब कुणाल को ओ.एन.जी.सी. की तरफ से मेहसाणा छः महीने की ट्रेनिंग के लिए भेजा गया था |वह इतने दिनों तक अकेली कैसे रहती इसलिए वह भी उसके साथ वहां चली आई |

वहीँ सिद्धि दी से मुलाक़ात हुई थी | उनके पति आर्मी में थे और नार्थ ईस्ट में पोस्टेड थे | पड़ोस में रहने के कारण उनका आपस में आना-जाना लगा रहता था |सिद्धि दी का स्वभाव ही ऐसा था | अनजान शहर में अनजान लोगों के बीच सिद्धि दी क्या मिली जैसे एक बड़ी बहन का साथ मिल गया हो | पतली दुबली सिद्धि दी का व्यक्तित्व ही कुछ ऐसा था कि सब खिंचे चले आते थे| सुन्दरता के साथ उनकी वाणी की मधुरता सबको अपना बना लेती थी |

मेहसाणा में वह अपने बेटे की पढ़ाई के लिए रह रही थी | छुट्टियों में जब उनके पति आए तो कुणाल के कहने पर उन्हें डिनर पर बुलाया था | वे बड़े ही खुशमिजाज थे | कुणाल को पीने का एक साथी मिल गया था | दस दिनों की छुट्टी में ज्ञान जीजू ,सिद्धि दी के पति को यही कहकर बुलाती थी ,आये थे और जब तक रहे उनके ड्राइंग रूम में बने बार में शाम को कुणाल जरूर हाजिरी देने पहुँच जाता था और ज्ञान जीजू भी उसकी कंपनी एन्जॉय करते |

पम्मी भी वहीं चली आती| सिद्धि दी से गप भी करती और काम में हाथ भी बंटा देती | उनका बेटा जीशान उस समय छः साल का था |वह भी पम्मी को 'मौसी....मौसी' बोलकर उसके साथ लगा रहता | उन दोनों के रिश्ते एकदम पारिवारिक हो गए थे |

इतने दिनों बाद इन हालातों में उनसे मिलना होगा ऐसा सपने में भी कभी ख्याल नहीं आया था | पता नहीं ईश्वर की क्या मर्जी है ऐसा सोचते हुए पम्मी ने घड़ी देखी साढ़े आठ बज चुके थे | वह बाहर चलने की तैयारी कर ही रही थी कि रधिया बुलाने आ गयी | वह उसके पीछे हो ली |

“आ जा पम्मी , बैठ डिनर रेडी है |” डाइनिंग रूम में पहुँचते ही देखा सिद्धि दी एक चेयर पर बैठी उसी का इन्तजार कर रही हैं |

उसने चेयर पर बैठने के बाद देखा कि कमरा न ज्यादा बड़ा न ज्यादा छोटा था | खिड़की में ऊपर से नीचे तक हलके आसमानी रंग के मोटे परदे थे | दीवार के कोने में एक छोटी सुन्दर सी बोतल से मनी प्लांट की बेल नीचे की ओर लटक रही थी |

सामने की दीवार पर एक बड़ा फैमिली फोटोग्राफ था जिसमें सिद्धि दी और ज्ञान जीजू को तो उसने पहचान लिया पर उनके साथ और दो लोगों की तस्वीर थी जिनके लिए वह गेस ही कर सकती थी | बाद में दी से पूछ लूँगी यह सोचकर उसने टेबल की ओर देखा ... चार – पांच डोंगे रखे थे और डोंगों के बीच में छोटे से पॉट में बैम्बू प्लांट अपनी शोभा बिखेर रहा था |

“पम्मी देख क्या रही है ....शुरू कर ..मैं निकाल दूँ या तू खुद ले लेगी ...मुझे तो बड़ी जोर की भूख लगी है ....मैं शुरू करती हूँ ” कहती हुई सिद्धि ने डोंगे का लिड उठाकर आलू-गोभी की सूखी सब्जी प्लेट में डाली और डोंगा पम्मी की ओर बढ़ा दिया |

दूसरे डोंगे से मटर पनीर निकाल कर डोंगा पम्मी की ओर बढ़ाया |तीसरे छोटे से डोंगे में टमाटर की मीठी चटनी थी उससे दो चम्मच चटनी अपनी प्लेट में डालकर थोडा उठकर पम्मी की प्लेट में एक चम्मच चटनी डालने लगी |

“आप बैठिये न दी मैं ले लेती हूँ”... कहते हुए डोंगा और चम्मच उनके हाथ से लेकर अपने प्लेट में चटनी डाल कर डोंगा रख दिया |

अपनी प्लेट में एक चपाती रखते हुए सिद्धि ने कहा –“खाना शुरू कर पम्मी ,आज मैंने सारा खाना तेरी पसंद का बनवाया है ..इतने सालों बाद मुझे यही याद रहा ...खाकर देखो कैसा बना है |”

"वो तो मुझे खाना देखते ही समझ आ गया था ...इतने दिनों बाद इतना याद रहा यही क्या कम है..".कहते हुए उसने पहला ग्रास मुंह में डाला |

"वाह ! क्या बात है ...वही बरसों पहले वाला स्वाद ....मजा आ गया सिद्धि दी |" खाने का स्वाद लेते हुए पम्मी ने कहा |

"चल, तुझे अच्छा लगा यह जानकर मुझे अच्छा लगा | जरा तेरे पास रखी कटोरी तो बढा.. मैं खीर निकाल दूँ |"

"अच्छा ! आपने मेरी पसंद की खीर भी बना डाली |"

"कैसे न बनाती ....सालों बाद तो तुझसे मिल रही हूँ | पता नहीं फिर कब मिलना हो |"

"ज्यादा निराश होने की जरूरत नहीं है दी, अब तो आपका घर देख ही लिया है जब मन नहीं लगेगा टिकट कटाऊँगी और आ जाऊँगी |"...

"अरे, तो रोका किसने है ये भी तेरा ही घर है ...जब जी चाहे आ जाना ...मेरा भी मन लग जाएगा |"

खाना खाने के बाद सिद्धि ने आवाज लगाई- "अरे रधिया ,आ के यहाँ पर सब समेट ले ....तू भी खाना खा ले .....हमलोग बाहर वाले कमरे में हैं..जब सब काम हो जाए तो हमलोगों को एक-एक कप कॉफ़ी दे जाना |"

"चल पम्मी अब बाहर वाले कमरे में बैठ कर इत्मीनान से बातें करते है |वैसे भी कल कोई काम होनेवाला नहीं है क्योंकि सन्डे है |" कहती हुई सिद्धि पम्मी का हाथ पकड़कर बड़ी आत्मीयता से कमरे की ओर जाने लगी |

7

छंटता कोहरा- 1

कभी कभी इंसान दुःख के समय अपने मन में भावनाओं के कोहरे से इस कदर घिर जाता है कि वह अपने परिवेश से तालमेल नहीं बिठा पाता है और हर जगह अपने को ही सही ठहराने की कोशिश करता है लेकिन जब दूसरे को उन्हीं हालातों में पाता है और उससे उसकी आपबीती सुनता है तो वह कोहरा धीरे-द्गीरे छंटने लगता है और रौशनी दिखाई देती है|

पम्मी के मन पर छाया निराशा का कोहरा तो रूचि के प्रयासों से हल्का छंट चुका था और आगे सिद्धि के हालातों को जानकर यह और भी हल्का पड़ जाएगा , इससे वह अनजान थी |

कमरे में इत्मीनान से बैठने के बाद सिद्धि से पम्मी ने, मन में दबा प्रश्न पूछ ही लिया –

"दी, आप इस घर में अकेली रहती हैं क्या ? कोई और नहीं दिख रहा है |"

"नहीं, मेरा छोटा बेटा भी साथ में है | तू उसके बारे में नहीं जानती क्योंकि तुमलोग मेहसाणा से जब चले गए थे उसके बाद उसका जन्म हुआ था | वह खाना खाकर अपने कमरे में सो रहा है इसलिए तुम ने नहीं देखा .....कल मिल लेना |"

"ज्ञान जीजू और जीशान अभी कहाँ हैं ? जीशान तो नौकरी कर रहा होगा.... उसकी शादी हो गयी क्या?"

"अब कहाँ जीशान और कहाँ उसकी शादी .....सारे ख्वाब अधूरे रह गए |" एक दीर्घ सांस लेते हुए सिद्धि ने कहा |

"क्या हुआ ? वो नहीं मान रहा है क्या ?"

"नहीं पम्मी, तुझे क्या बताऊँ अपना दुःख .....तेरे ज्ञान जीजू तो कारगिल युद्ध में वीरगति को प्राप्त हो गए | जीशान ने भी आर्मी ज्वाइन की थी | उसकी पहली पोस्टिंग कश्मीर के पुलवामा में थी और दो साल पहले आतंकवादियों से लड़ते हुए वह भी शहीद हो गया | दोनों बाप-बेटे 'परमवीर चक्र' और 'शौर्य चक्र'" विजेता रहे लेकिन परिवार को सूना कर गए |"

पम्मी आँखें फाड़े स्तब्ध- अवाक सिद्धि की बातें सुन रही थी |

"पम्मी ,क्या बताऊँ ? कैसे इतना बड़ा दर्द मैं झेल पाई यह मैं ही जानती हूँ | तुम्हारे ज्ञान जीजू के जाने के बाद तो मैं सचमुच हिल गयी थी| भविष्य अंधकारमय ही दिखता था | जो आता वह सिर्फ सहानुभूति और नसीहत देकर चला जाता |

घर की जिम्मेदारियां , बच्चों का भविष्य सब मुंह बाए सामने खड़े थे | मैंने हिम्मत कर के खुद को संभाला | बच्चों के लिए तो मुझे जीना ही होगा यह सोचकर मैंने अपने पैरों पर खड़े होने की ठान ली|"

"मेमसाहब ....कॉफ़ी "... उसी समय रधिया ट्रे में कॉफ़ी के दो मग लेकर आई और टेबल पर रखने लगी |

"रधिया, दे हाथ में ही पकड़ा दे ...अब कौन उठकर टेबल से लेगा "...सिद्धि ने रधिया से कहा क्योंकि दोनों ही सोफे पर आराम से पैर मोड़कर धंसी बैठी थीं |

हाथ में मग पकडे सिद्धि ने कहना शुरू किया – "जानती हो पम्मी , उसी समय से मुझे लोगों की पहचान होनी शुरू हो गयी | कभी- कभी ऐसा लगता है कि बुरा वक्त जिंदगी में सिर्फ इसलिए आता है कि अपनों में छिपे गैर और गैरों में छिपे अपने नजर आ सके |"

"आप एकदम सही कह रही हैं दी , मैंने भी कुछ ऐसा ही महसूस किया है | सब दुखी होने का दिखावा करते हैं |"

"मैं उन कठिन परिस्थितियों से उबर सकी क्योंकि मैंने ठान लिया था कि चाहे कुछ भी हो जाए मुझे अपने बच्चों के भविष्य को बर्बाद होने से बचाना है | आज इस मुकाम तक पहुँचने में कई बार टूटी हूँ, निराश हुई हूँ लेकिन पहले से और ज्यादा मजबूत होकर आगे बढ़ी हूँ |"

"बहुत हौसला है दी आप् में, मैं तो थोड़े में ही घबरा जाती हूँ |" पम्मी सिदि्ध की बातें सुन जरूर रही थी लेकिन मन ही मन खुद के हालात से तुलना भी करती जा रही थी |

"हौसला होता नहीं ये हालात पैदा कर देते है | जिन्दगी जब नाच नचाती है तो ढोलक बजानेवाले अपने जान- पहचान के लोग ही होते हैं | मैं उस समय सारे रिश्तेदारों से घिरी उनकी नसीहतों के बीच बड़ी असमंजस की स्थिति में पड़ गयी थी |नसीहतें तो सभी दे रहे थे लेकिन सब में उनका स्वार्थ छिपा था|"

"कैसा स्वार्थ दी ?"

"अरे इनके जाने के बाद इनकी पेंशन ,परमवीर चक्र विजेता होने के कारण कैश अवार्ड और राज्य सरकार तथा केंद्र सरकार की ओर से मिलने वाली आर्थिक सहायता सब मिलकर पैसों की कोई कमी नहीं थी पर सही रास्ता दिखाने वाला कोई नहीं था |"

तब ये सब कैसे दी ?"

"कुछ नहीं भगवान् किसी न किसी को माध्यम बना कर भेज ही देता है | एक दिन कारगिल में इनके साथ ही लड़नेवाले इनके साथी मुझसे मिलने आए |"

मुझे देखते ही बोल पड़े –

"जिसका पति देश की रक्षा में शहीद हो गया उसकी पत्नी ऐसी दीन-हीन कातर अवस्था में......भाभीजी , मुझे आपसे ऐसी उम्मीद न थी |मैं तो यह सोचकर आया था कि जैसे एक फौजी सीमा पर लड़ता है वैसे ही उसकी पत्नी गर्व के साथ पति के बिना घर की जिम्मेदारियों में आयी चुनौतियों से लड़ रही होगी |"

"भाई साहब ,बोलने में यह सब अच्छा लगता है ,जिस पर बीतती है वही जानता है | यहाँ मैं तो समस्याओं के भंवर में डूब रही हूँ| समझ में नहीं आता है कि क्या करूं और कैसे करूं ?"

"भाभीजी, मैं कुछ नहीं जानता ...मैं तो बस इतना जानता हूँ कि जो लोग वास्तव में कुछ करना चाहते हैं उन्हें रास्ता मिल ही जाता है लेकिन जो लोग कुछ करना ही नहीं चाहते हैं वे बहाना खोज ही लेते हैं |" उन्होंने मुझे ही दोषी ठहरा दिया |

"....और एक बात भाभीजी, इतना परेशान क्यों होती हैं ....दुविधा से निकलिए....आपके मन को जो गलत या बुरा लगता है उसे बिना ज्यादा सोचे त्याग दीजिये फिर वो चाहे विचार हो ,कर्म हो या मनुष्य हो |फिर देखिये कैसे आगे बढ़ने का मार्ग मिलता है |"

अपनी बात आगे बढाते हुए कहा – "बी प्रैक्टिकल नॉट इमोशनल | खुद को इतना कमजोर मत होने दीजिए कि आपको किसी के एहसान की जरूरत पड़े | अच्छा, मैं चलता हूँ पर मेरी बात पर गौर अवश्य कीजिएगा |"

वे तो चले गए लेकिन उनकी बातों ने जैसे मुझमें नयी ऊर्जा भर दी |सबसे पहले मैंने अपने मन को इस सोच से मजबूत किया कि मैं एक सैनिक की पत्नी हूँ मैं कैसे हार मान सकती हूँ | सारी नेगिटिव फीलिंग्स को मन से निकाल फेंका | जैसे अँधेरा छंटते ही रौशनी दिखने लगती है वैसे ही अपने आप मेरे सोचने की दिशा बदल गयी |"

"और वो नसीहत देनेवाले लोग ?" पम्मी बड़े ध्यान से सिद्धि की बातें सुन रही थी |

"मैंने उन रिश्तेदारों और दोस्तों से दूरी बनानी शुरू कर दी जो ज्यादा अपना होने का दंभ भरते थे लेकिन किसी काम के न थे | एक बात तेरे जीजू ने पहले ही कर दी थी कि यह घर खरीद लिया था इसलिए हमें कहीं जाने की जरूरत नहीं पड़ी |पहले भी तेरे जीजू के बिना घर तो मैं ही संभालती थी इसलिए ज्यादा दिक्कत नहीं हुई |"

" उनकी कमी तो महसूस होती ही होगी |"

"अरे ये भी कोई पूछने वाली बात है हर वक्त हर पल उनकी कमी महसूस होती थी और आज भी होती है | सबसे ज्यादा बच्चों की पढ़ाई के डिसीजन्स लेने के समय तो एकदम अकेली पड़ गयी थी |लेकिन अपने शुभचिंतकों की वजह से सही फैसला ले सकी | पैसों की तो कोई कमी न थी पर मैं कुछ करना चाहती थी अपने को व्यस्त रखने के लिए | भले ही मैं ने सबके सामने अपने को मजबूत दिखाया लेकिन अन्दर ही अन्दर तेरे जीजू के लिए मन रोता था | एक समय ऐसा भी आया जब मैं अकेलेपन से घबरा गयी थी | " कॉफ़ी का मग टेबल पर रखते हुए सिद्धि ने कहा|

"तब मैंने अपने कुछ ख़ास दोस्तों के सहयोग से 25 बच्चों को लेकर एक स्कूल खोला और आज उसमें 2000 बच्चे पढ़ते हैं |उसको बनाने में समय कैसे निकल गया पता ही नहीं चला | सब ठीक ही चल रहा था कि जीशान की शहादत ने मुझे तोड़कर रख दिया | मैं हमेशा से उसके आर्मी में जाने के एकदम खिलाफ थी क्योंकि पति को खोया था अब बेटे को खोना नहीं चाहती थी लेकिन वह जिद कर के गया और जिसका डर था वही हुआ |

हाथ तो खाली मेरा ही रहा | पति -पुत्र दोनों को खो कर मैं दुनिया की सबसे गरीब औरत बन गयी रे पम्मी ....सबसे गरीब औरत ...कहती हुई सिद्धि अपने को रोक न सकी ...फफक-फफक कर रोने लगी|

पम्मी उठकर उसके पास गयी और पीठ सहलाने लगी |आंसुओं को तो वो भी नहीं रोक पाई थी |

इस के बाद दोनों में से कोई भी बात करने की स्थिति में नहीं था और रात भी काफी हो चुकी थी इसलिए दोनों ने अपने -अपने कमरे की शरण ली |

8

छंटता कोहरा -2

आज का सूरज जैसे एक नया सन्देश लेकर आया था | उसकी सुनहरी किरणें खिड़की के शीशे से छनकर कमरे को रोशन कर रही थीं | कुछ किरणें पम्मी के चेहरे पर भी पड़ रही थी |पम्मी ने आँखें खोलीं और अंगडाई लेते हुए घड़ी की ओर देखा, आठ बज रहे थे |वह हडबडा कर पलंग से नीचे उतरी, पैरों में चप्पल डालकर वाशरूम गयी और चेहरे को पानी से धोया |फिर कमरे से बाहर निकली यह देखने के लिए कि सब कहाँ हैं |

तभी सिद्धि की आवाज सुनाई पड़ी –

"इधर आ जा पम्मी ,मैं बाहर लॉन में बैठी हूँ ....शाल ओढ़ कर आना यहाँ थोड़ी ठण्ड है |"

पम्मी ने पहले ही शाल ओढ़ रखा था इसलिए सीधे बाहर चली आई | देखा सिद्धि दी लॉन में ऊनी गाउन पहने चेयर पर बैठी चाय पी रही थी |

"आ पम्मी बैठ " ...टी पॉट से टीकोजी उठाते हुए उससे चाय प्याली में डालते हुए कहा |

"बड़े सवेरे उठ गयी आप ..रोज इतने सवेरे ही उठती हैं " ...चाय की प्याली हाथ में लेते हुए पम्मी ने कहा |

"अरे नहीं ,आज तो देर से आँख खुली है | कल रात देर से सोना हुआ और फिर आज सन्डे भी है | वैसे रोज तो मैं 6 बजे तक उठ जाती हूँ | आधा घंटा फ्रेश होने में लगता है | फिर एक घंटा योग और कुछ व्यायाम करती हूँ | मेरा स्कूल 10 बजे शुरू होता है न इसलिए सबह बहुत भाग

-दौड़ नहीं रहती है |"

"मेमसाहब ...मेमसाहब ईशान बाबा जग गए हैं और आपको बुला रहे हैं".... तभी रधिया ने आकर सूचना दी |

"पम्मी, तू इत्मीनान से बैठकर चाय पी ...मैं बस थोड़ी देर में आती हूँ |"...कहती हुई सिद्धि घर के अन्दर चली गयी | रधिया भी साथ में जाने ही लगी थी कि पम्मी ने उसे रोक कर पूछ ही लिया ---

"सुन रधिया, जरा बता तो ईशान कितना बड़ा है ?"

"मैडम , ईशान बाबा अभी 25 दिसंबर को इक्कीस साल के हो जाएंगे | इन्हीं को लेकर मेमसाहब दिन भर परेशान रहती हैं |"

"क्यों भला ? इतना बड़ा बेटा तो दी की ताकत है |"

"नहीं मैडम ,क्या आप नहीं जानती कि ईशान बाबा दिमाग से कमजोर हैं और इतने बड़े होकर भी बच्चों जैसा व्यवहार करते हैं |" रधिया ने राज खोला |

"क्या ....उसके हाथ से चाय का कप छूटते- छूटते बचा ...हे भगवान् ये क्या लीला है तेरी |"

"रधिया ....रधिया जरा इधर तो आना "....अन्दर से सिद्धि ने पुकारा |

"मेमसाहब बुला रही हैं, अच्छा मैं जाती हूँ |"

"ठीक है " ..कहकर उसने अपने सिर को कुर्सी से टिका लिया और ऊपर आकाश की ओर देखने लगी|

सूरज के प्रथम आलोक से लेकर रात्रि के अंतिम प्रहर तक वह अपनी किस्मत और किस्मत लिखनेवाले विधाता को कोसती रहती कि उसने उसके साथ कितना बड़ा अन्याय किया था | उसे लगता था कि संसार में उससे ज्यादा बड़ी विपदा किसी पर नहीं पड़ी थी और वही सबसे ज्यादा दुखी इंसान थी और इसी सोच के कारण वह अभी तक अपने को सामान्य नहीं कर पाई थी |

लेकिन सिद्धि दी ....उनके दुःख के सामने तो उसका दुःख तो बहुत कम है |

तभी सामने से सिद्धि दी आती दिखी और पीछे रधिया ट्रे में दो कप चाय के साथ थी |

"पम्मी, ले गरमागरम चाय पी , ठण्ड ज्यादा है ......रधिया चाय यहाँ पर रख दे और जा नाश्ते का इंतजाम देख ले |" कहकर सिद्धि एक कप चाय का उठाते हुए बैठ गयी |

"दी, अभी तो चाय पी थी लेकिन फिर भी आप लाई हैं तो पी लेती हूँ |" कहते हुए उसने भी प्याला उठा लिया |

"हाँ, तो पम्मी तुम ने अपने बारे में कुछ नहीं बताया और मैंने कल से कुछ नहीं कहा इस बारे में ....तुमने अपना यह क्या हाल बना रखा है | कमजोर और बूढ़ी सी दिखने लगी हो | खिचड़ी बाल और रौनकहीन चेहरा क्या वजह है ?"

"कुछ नहीं दी, अब आपके दुःख के सामने अपना दुःख कैसे सुनाऊँ....मैं सोचती थी मैं ही सबसे ज्यादा अभागी और किस्मत की मारी हूँ लेकिन आपकी कहानी ने तो मुझे झकझोर दिया है |"

"तुझे क्या दुःख है अच्छा-खासा तेरा परिवार था ....कुणाल आजकल कहाँ हैं और तेरे बच्चे भी अब बड़े हो गए होंगे |"

"नहीं दी ऐसा कुछ भी नहीं है | कुणाल से मेरा तलाक हो चुका है |"

"तलाक ....क्यों ? "अब सिद्धि के हैरान होने की बारी थी |

"वो सही इंसान नहीं था | उसका चरित्र भी ठीक नहीं था ...कहते हुए उसने सारी कहानी बताई | कुणाल के मम्मी -पापा का उत्पीड़न, पैसों की मांग , दिसंबर की कडकडाती ठण्ड में उसे घर से निकालना सब बता दिया था |

"ये तो बड़ा ही गलत किया उसने, देखने से तो ऐसा लगता नहीं था ....गुस्से में सिद्धि की मुट्ठियाँ भिंच गयी थीं...तूने इतना बर्दाश्त कैसे किया मैं रहती न तो उसका सर ही फोड़ डालती |"

"दी ,मेरा भी मन करता था सास को ऊटपटांग सुना दूँ ...जब उन्होंने मुझ पर हाथ उठाया था तो पलट कर मैं भी जवाब दे दूँ लेकिन ये जो माँ-बाप के दिए जो संस्कार हैं न ये हाथ भी रोक लेते थे और मुंह भी बंद कर देते थे|"

"वो तो मम्मी पापा का सपोर्ट था जिसके कारण मैं संभल सकी | डेढ़ साल के बेटे के साथ घर से निकली थी ...मम्मी ने बच्चे को संभाला और पापा ने अपने पैरो पर खड़े होने में सहायता की |तब जाकर मैं बच्चे को

बड़ा कर सकी और खुद को भी संभाल सकी |"

"तो अब क्या दुःख है तुझे... सब तो ठीक ही है ...इतने सपोर्टिव पैरेंट किसके होते हैं ...तू तो भाग्यशाली है|"

"सो तो है लेकिन उसके बाद जो मुझ पर बीती है, मैं अभी तक उससे उबर नहीं पाई हूँ| मेरी जो दशा आप देख रही हैं उसी के कारण है |"

"ऐसा क्या हुआ ..पहेलियाँ न बुझा ...साफ़-साफ़ बता "...अब सिद्धि का धैर्य जवाब देने लगा था |

"वही जो आपके साथ हुआ ...जिस बच्चे को पाल-पोस कर बड़ा किया जो मुझ अभागन का एकमात्र सहारा था, मुझे दुनिया में अकेला कर चला गया |" कहते -कहते पम्मी रो पड़ी लेकिन जल्दी ही अपने को संभाल लिया |

"क्या .....दुनिया में अकेला कर गया ....कहाँ गया भगवान के पास |.... सिद्धि लगभग चीख ही पड़ी थी |

"कैसे ...क्या हुआ था उसे ..."

"कुछ नहीं ...मुझे तो आज भी विश्वास नहीं होता है ...मैं अच्छा भला उसे छोड़ कर आई थी फिर अचानक कैसे क्या हुआ आज तक मेरी समझ में नहीं आया है |"

"विस्तार से बता क्या हुआ था ?"

"मेरा बेटा विशु ,वैसे उसका नाम विशेष था पर हमसब उसे विशु ही पुकारते थे ,आई.आई.टी.से इंजिनीयरिंग करने के बाद बड़ी अच्छी कंपनी में नौकरी कर रहा था| दो साल नौकरी करने के बाद उस पर एम.बी.ए. करने का फितूर सवार हो गया| उसने नौकरी छोड़कर कैट का एक्जाम दिया और पहले ही चांस में अच्छे नंबरों से निकाल लिया| लखनऊ के अच्छे मैनेजमेंट कॉलेज में दाखिला मिल गया| कॉलेज महंगा तो था पर कुछ पैसे उसने अपनी नौकरी में बचाए थे और कुछ बैंक से लोन ले के काम हो गया|

पम्मी का चेहरा अपने बेटे की उपलब्धियों को बताते समय चमक उठा था|

दो साल का कोर्स था| हम सब निश्चिन्त थे तभी एक दिन मेरी एक दोस्त की बेटी का फोन आया जो वहीं उसके साथ पढ़ रही थी कि

आजकल विशेष क्लास बंक करने लगा है, कमरे में ही पड़ा रहता है, खाने भी नहीं जाता है| आप यहाँ आ जाइए| मन में चिंता हुई कि कहीं तबीयत तो नहीं खराब हो गयी| नयी जगह है, किसी को बोल नहीं पा रहा होगा ऐसा सोचकर मैं दूसरे ही दिन उसके पास पहुँच गयी|"

पम्मी ने हाथ में पकडे कप से सारी चाय एक साथ गटक कर कप टेबल पर रखते हुए अपनी बात जारी रखी –

"वहां पहुँचने पर देखा कि वो पहले वाला आत्मविश्वास से भरा विशु कहाँ था.... यह विशु तो हीन भावना से ग्रस्त निस्तेज विशु था| मन को धक्का लगा लेकिन किसी तरह अपने को संभाल कर उसको सामान्य करने की कोशिश करने लगी|

उसके कुछ दोस्तों से बात करने की ,जानने की कोशिश की तो वे इससे ज्यादा न बता पाए कि रैगिंग के बाद से ही यह ऐसा हो गया है | रैगिंग सबकी हुई थी लेकिन विशु ने किसी सीनियर से बहस कर ली थी तो उसके साथ मेंटल टॉर्चर कुछ ज्यादा ही हो गया था इसलिए वह अनमना सा रहने लगा था|

कॉलेज के प्रिंसिपल से बात की तो उन्होंने इस बात से इनकार ही कर दिया कि उनके कॉलेज में रैगिंग होती है और अगर कहीं हुई भी है तो अभी तक कोई शिकायत नहीं आई है तो वह उसकी बात पर कैसे विश्वास कर लें| हाँ, मैं यह मान सकता हूँ कि पढ़ाई के प्रेशर से कभी -कभी विद्यार्थी अनमने से हो जाते हैं| इसमें वे यह मदद कर सकते हैं कि कॉलेज के मनोचिकित्सक के पास भेज सकते हैं |उनकी थेरेपी से बहुत विद्यार्थी ठीक हुए हैं|"

"तू बेटे को लेकर मनोचिकित्सक के पास गयी" ...सिद्धि ने आतुरता से पूछा|

"हाँ, लेकिन पहले यह सोचकर कि माहौल बदलेगा तो शायद उसमें कुछ बदलाव आ जाए, लखनऊ में मैं जहां ठहरी थी वहीं उसे ले आई थी| महीने भर उसके साथ रहकर थेरेपी दिलवाई और इसका फायदा भी हुआ | पुराना विशु लौट रहा था और खुश भी रहने लगा था|

दीपावली की छुट्टियां शुरू होने वाली थी| हमदोनों को साथ ही घर लौटना था| वो दो दिनों के लिए यह कहकर रुक गया -- मम्मी , तुम

निकल जाओ.... मैं एक महत्त्वपूर्ण प्रोजेक्ट सबमिट कर दो दिनों बाद आता हूँ ,समय पर नहीं सबमिट किया तो सेमेस्टर के रिजल्ट पर असर पड़ेगा |"

मैंने कहा भी –

"ठीक है, मैं भी दो दिनों बाद तुम्हारे साथ ही चलती हूँ |लेकिन उसने जबरदस्ती मुझे भेज दिया | मुझे क्या पता था कि उसके साथ वह अंतिम मिलना था | मैं जयपुर आकर दीपावली की तैयारियों में लग गयी और मेरे पीछे ....बोलते – बोलते उसका गला रुंध गया |

"पानी पीएगी .....लाऊँ ....

"नहीं, अब ठीक है ....कहते हैं कि सभी बच्चे प्रोजेक्ट बनाने में लगे थे अचानक उसमें कोई चीज कम पड़ गयी थी | विशु ने कहा -तुमलोग बाकी काम करो तबतक मैं सामान ले कर आता हूँ और एक दोस्त की स्कूटी लेकर चला गया |

जब बहुत देर तक वो नहीं आया तो दोस्तों को चिंता हुई| वे उसे खोजने निकलने ही वाले थे कि थाने से उन्हें फोन आया कि एक्सीडेंट में एक डेड बॉडी मिली है और उसके मोबाईल से उनका नंबर मिला है इसलिए आकर शिनाख्त कर लें |

थाने से ही भैया को भी फोन आया| वह मुझे यह बताते हुए कि विशु का एक्सीडेंट हुआ है मैं वहां जाने की तैयारी करता हूँ बाहर चले गए | मैं तो सकते की हालत में थी , जबतक यह कहती कि मुझे भी साथ ले चलो वे तो निकल चुके थे |

....और जब दो दिनों बाद लौटे तो विशु उनके साथ था पर .... बोलती -बोलती पम्मी पथराई आँखों से शून्य की ओर देखने लगी जैसे फिर से वह उस दर्द से गुजर रही हो ,जैसे उस पर कोई दौरा सा पड़ गया हो |

सिद्धि घबरा गयी वह जल्दी से उठी और उसे कंधे से पकड़ कर झिंझोड़ने लगी – "पम्मी..पम्मी तू ठीक है न ....रधिया ..ओ रधिया जरा जल्दी से पानी लेकर आ |" रधिया को उसने आवाज दी |

"ये लीजिये मेमसाहब पानी ...अरे मैडम को क्या हो गया |"

"देख न ये कुछ बोल नहीं रही है .. पम्मी ..पम्मी तू ठीक है न ..सिद्धि ने उसे फिर से हिलाया |

अचानक पम्मी ने पलकें झपकाई और चैतन्य सी होकर पूछ बैठी – "क्या हुआ ....आप ऐसे क्यों देख रहीं हैं ?"

"तू ठीक है न ...तूने तो मेरी जान ही निकाल दी थी."... सिद्धि ने चैन की सांस लेते हुए कहा |

"हाँ, मैं तो एकदम ठीक हूँ ...कुछ हुआ था क्या ....क्या मैं संज्ञा शून्य जैसी हो गयी थी ...मम्मी ने भी बताया था कि इधर कुछ दिनों से कभी-कभी ऐसा हो जाता है |" पम्मी ने खुद ही स्पष्ट कर दिया|

"क्या तूने डॉक्टर को दिखाया है ..."

"हाँ, मैं डॉक्टर से मिली थी | उन्होंने बताया ऐसा गहरे सदमे की वजह से हो रहा है जैसे- जैसे घाव भरता जाएगा वैसे -वैसे ये अपने आप चला जाएगा | शुरू में तो कुछ दवाइयां भी दी थी लेकिन अब कहा कि जरुरत नहीं है |"

"चलो, अच्छा लगा जानकर कि डरने की कोई बात नहीं है ....रधिया नाश्ता तैयार है क्या ?....बातों- बातों में 9.30 बज गए ....चल पम्मी बातें बहुत हो गयीं अब पेट पूजा करते हैं |" सिद्धि ने उठते हुए कहा |

"दी ,आप चलिए मैं जरा शावर लेके आती हूँ| बस दस मिनट में नाश्ते के लिए पहुँचती हूँ |"

"ठीक है, मगर जल्दी करना मुझे बहुत तेज भूख लग रही है |" सिद्धि ने पेट को सहलाते हुए कहा और हंस पड़ी | पम्मी को भी हंसी आ गयी और दोनों घर के अन्दर आ गयीं |

दस मिनट बाद सब नाश्ते की टेबल पर थे | नाश्ते में आज सिद्धि ने छोले -भटूरे बनवाए थे क्योंकि उसे याद था कि पम्मी इसे बड़े चाव से खाती है |

"क्या बात है पम्मी, नाश्ता ठीक नहीं बना क्या ?" सिद्धि ने देखा पम्मी बड़ी चुप- चुप सी थी |

"नहीं दी, छोले, भटूरे दोनों ही बड़े स्वादिष्ट बने हैं बस यूं ही ...."

"बस यूं ही क्या खोल के बोल न ..".

"विशु का भी यह मनपसंद नाश्ता था ,,,बस उसी की याद आ गयी |" पम्मी ने धीरे से कहा |

"तो तू इतनी उदास क्यों है..... क्या आज विशु होता तो क्या ऐसे ही उदास हो के खाती | हमलोगों की तो यही गलती होती है कि हम अपने पुराने जख्म का बरसों अभ्यास करते हैं उसे तरोताजा रखते हैं | हमें इसमें करना क्या है ,अभ्यास वही रखना है पर नजरिया बदलना है | हर पल नयी ख़ुशी ढूँढो| जीना आसान हो जाएगा |"

पम्मी कोई जवाब न देकर चुपचाप खाती रही |

"रधिया ..ओ रधिया हमदोनों के लिए गरमागरम भटूरे तो ले के आ |" सिद्धि ने रधिया को आवाज दी |

"लाई मेमसाहब ....कहती हुई रधिया भटूरों के साथ हाजिर थी |

"सिद्धि दी, अब मेरा हो गया है आप लीजिए मैं नहीं लूंगी |"

"अरे क्यों नहीं लेगी एक ही भटूरा तो खाया है....चल एक न सही आधा ले ले और देख जो चला गया है उसे हम वापस तो नहीं पा सकते लेकिन उसकी ख़ुशी ,उसके साथ बिताए अच्छे पलों को याद कर खुश तो हो सकते हैं |"

पम्मी इस नए नजरिये से हतप्रभ सिद्धि को इस प्रकार देख रही थी जैसे कोई अबूझ पहेली को समझने की कोशिश कर रही हो |

"ऐसे क्या देख रही है ...याद कर , तेरे बेटे के चेहरे पर छोले -भटूरे खाते वक्त कैसी ख़ुशी होती थी ,कैसे स्वाद लेकर मांग- मांगकर खाता था | आँखें बंद कर और याद करने की कोशिश कर |"

पम्मी ने आँखें बंद कर ली और याद करने की ज्यादा कोशिश उसे नहीं करनी पड़ी ...विशु का हर एक पल उसकी जेहन में कैद था..... तुरत साकार होने लगा और उसके चेहरे पर एक मुस्कान आ गयी |

"देखा ! अच्छा लगा न ....तेरे चेहरे की मुस्कान ही इसकी गवाह है |"

सिद्धि की आवाज सुनते ही पम्मी ने आँखें खोल दीं लेकिन आज एक अलग अहसास था| वह समझ नहीं पा रही थी कि जिस विशु के जाने के बाद घर में कुछ ऐसा बनता जो विशु की पसंद का होता तो वह झल्ला जाती कि सब उसे दुःख देने या उसे चिढाने के लिए ऐसा कर रहे हैं ...आज वो झल्लाहट क्यों नहीं मन में आ रही थी | शायद ये सिद्धि दी की बातों

का जादू था।

उसने कुछ न कहकर मुस्कुराते हुए वो आधा भटूरा ले लिया और धीरे-धीरे खाने लगी।आज वह समझ पा रही थी कि अच्छा माहौल और अच्छी संगत कैसे नकारात्मक विचार में भी सकारात्मक खाद-पानी की मदद से सकारात्मक ऊर्जा भर देते हैं।

9

मुक्ताकाश

वास्तव में कई बार हम सामने का उजाला इसलिए देख नहीं पाते हैं क्योंकि हमारे मन में ही अँधेरा रहता है | सामने की ख़ुशी को पहचान ही नहीं पाते हैं | खुद में घुटते रहते हैं और दूसरों को भी इसमें लपेट लेते हैं |

दूसरा कुछ भी कहे हम सिर्फ अपने उत्तर का ही पीछा करते हैं – चाहे वो कितना ही गलत या खतरनाक ही क्यों न हो | लेकिन जैसे ही नकारात्मकता का अँधेरा छंटता है वैसे ही सकारात्मकता की रोशनी पूरे मन को रोशन कर देती है और चीजों को देखने का नजरिया ही बदल जाता है |

पम्मी का नजरिया भी बदलने लगा था |अब उसके अन्दर अपनी किस्मत और हालात को लेकर जो बेचैनी और गुस्सा था कम होने लगा था |

आज पम्मी को यहाँ आए दो महीने हो चुके थे | जिस 'बाल विकास मंदिर' के लिए वह आई थी वह सिद्धि का ही स्कूल था और प्रिंसिपल सिद्धेश्वरी गुप्ता सिद्धि ही निकली | न तो उसे नौकरी पाने में कोई दिक्कत हुई और न रहने के लिए कहीं और व्यवस्था करनी पड़ी | सिद्धि ने उसे अपने पास जबरदस्ती रोक लिया कि बड़ी बहन के रहते वह कहीं और नहीं जा सकती | अब दोनों साथ ही स्कूल जातीं और साथ ही लौटती | अलग परिवेश में पम्मी के चेहरे की रौनक लौट रही थी |

वह स्कूल जाने के लिए तैयार हो रही थी | आईने के सामने बालों में कंघी कर रही थी तो उसे वह दिन याद आ गया कि कैसे दी ने उसके पीछे

पड़कर उसके गेटअप को बदल दिया था |

उस दिन जब उन्होंने उससे पूछा था –"पम्मी तूने बताया नहीं कि पंचवटी में तुझे क्या काम है ?"

"दी, वहां एक स्कूल है 'बाल विकास मंदिर' उसी में अंग्रेजी टीचर के लिए इन्टरव्यू देने आई हूँ.....यहाँ से पंचवटी कितनी दूर है |"

सिद्धि दी उसकी बातों को सुनते ही ठठाकर हंस पड़ी | दो मिनट तक लगातार हंसने के बाद पम्मी की हैरत भरी आँखों में देखती हुई बोल पड़ी – "अरे पगली , आँखें फाड़ कर क्या देख रही है ....इतनी दूर से आकर गिरी भी तू तो मेरी ही झोली में |"

"वो कैसे ?" अभी भी पम्मी हैरत में ही थी |

"वो ऐसे मेरी बहन कि ये जो 'बाल विकास मंदिर' है न यह मेरे ही स्कूल का नाम है और उसकी प्रिंसिपल मैं ही हूँ |"

"यानी कि प्रिंसिपल सिद्देश्वरी गुप्ता आप यानी मेरी सिद्धि दी हैं ....अब उसे बात समझ में आ रही थी.....और वो पंचवटी...."

"अरे बुद्धू, ये घर तो पंचवटी में ही है |" कहते हुए सिद्धि फिर हंसने लगी |

"लेकिन सुन तेरी जॉब तो पक्की है पर मुझे अपने स्कूल में इस हुलिए की टीचर नहीं चाहिए |"

"मेरे हुलिए में क्या बुराई है दी....

"बुराई ....तुझे तो देखकर ही लगता है कि जमाने भर के दुखों की मारी है और ऐसे लुक में तू बच्चों को क्या दे पाएगी .....मेरे बच्चे तुझे देख के ही डिप्रेस्ड हो जाएंगे |"

पम्मी का चेहरा उतर गया |

"अरे घबराती क्यों हो ....मैं तुझे बदलती हूँ न .....रधिया ...ओ रधिया जरा मेरा हेयर डाई तो ले कर आ |"

थोड़ी ही देर में रधिया सामान के साथ हाजिर थी |

"सुन, मैडम के बाल रंग तो ....मेरे भी बाल यही रंगती हैं .....घबरा मत |"

"लेकिन दी ...इसकी क्या जरूरत है ......"

“चुप रह ....जरुरत है तभी तो करवा रही हूँ और नौकरी चाहिए कि नहीं ”..सिद्धि ने आँखें तरेरीं |

कोई चारा न देख वो चुपचाप रधिया को काम करने देने लगी |

एक घंटे में पम्मी नहाकर हाजिर हुई तो उसका रूप ही बदला हुआ था |फिर सिद्धि उसे लेकर अपनी अलमारी के पास गयी और पूछने लगी – “अच्छा बता तेरे बेटे को कौन सा रंग सबसे ज्यादा पसंद था ?”

“विशु को ...उसे नीला रंग बहुत पसंद था पर आप क्यों पूछ रही हैं ?”

“इसलिए कि पहले दिन नीली साड़ी में तू स्कूल जाएगी ”...कहते हुए उसने अलमारी से एक नीली साड़ी निकाल कर उसे दी |

“नहीं दी ,मैंने उसके जाने के बाद नीला रंग एकदम त्याग दिया है ...ये न पहन सकूंगी |”

“इसीलिए तो कह रही हूँ .....जरा तू सोचकर देख अगर विशु होता तो तुझे इस रंग में देखकर कितना खुश होता ....तू नया काम शुरू करने जा रही है और विशु की पसंद के रंग के कपड़ों में. उसकी आत्मा कितनी खुश होगी |”

पम्मी का मन अभी भी कुछ निर्णय नहीं कर पा रहा था लेकिन उसकी आँखों के समक्ष वो दृश्य आ गया जब वह नीली साड़ी में उसके स्कूल के टीचर-पैरेंट्स मीटिंग में गयी थी तो लौटते समय विशु ने कहा था – “मम्मी, आप पर यह रंग कितना अच्छा लगता है | ये रंग मुझे भी बहुत पसंद है |”

उस समय उसकी आँखों की चमक और ख़ुशी को वह आज भी महसूस कर सकती थी |

“अरे क्या सोचने लगी ....जा जरा पहन के दिखा तो .....”

पता नहीं क्यों उसने चुपचाप साड़ी ले ली और बदलने चली गयी |वापस आते ही सिद्धि कह उठी–

“वाह, अब लग रही है न मेरे स्कूल की टीचर .... जरा देख अपने आप को आईने में |”

जब पम्मी ने खुद को आईने में देखा तो पहचान न सकी क्योंकि ये तो उसका बरसों पुराना रूप था ....विशु के जाने के बाद से तो ठीक से रहना , अपने ऊपर ध्यान देना सब वह भूल बैठी थी और अपने मन में

यह बात भी बैठा ली थी कि यह सब करके वह विशु की गुनहगार हो जाएगी |

सिदि्ध ने उसे जिस ढंग से समझाया था उससे उसे ऐसा लगा कि उसने इस ढंग से क्यों नहीं सोचा| उसे ऐसा लगा कि विशु दूर खड़ा मुस्कुरा कर कह रहा हो – "अब लग रही हो न मेरी सुन्दर सी मम्मी|"

"अरे पम्मी जल्दी कर ...कब से बाहर तेरा इन्तजार कर रही हूँ" -- चिल्लाते हुए सिदि्ध ने जोर से कार का हॉर्न बजाया |

"आई दी".... कहती हुई पम्मी अपने विचारों से निकल भागकर बाहर आई और कार में बैठ गयी | तभी रधिया भागती हुई आई --- "मैडम ,आपका टिफिन और पानी की बोतल |"

"अरे हाँ, मैं जल्दी में भूल गयी"... कहकर रधिया के हाथों से ले लिया |

"क्या पम्मी, तू हमेशा देर करवा देती है.... अब पता नहीं असेम्बली तक पहुँच पाएंगे कि नहीं |"

सॉरी दी, पर अभी 15 मिनट हैं ....घबराइए नहीं |

स्कूल पहुँच कर पम्मी तो जैसे बच्चों में खो ही जाती थी | पहले जब वह कॉलेज में थी तो बड़े बच्चों को पढ़ाती थी लेकिन यहाँ छोटे बच्चों को पढ़ाना था | उनको पढ़ाने का उसे नया अनुभव मिल रहा था |अपनी आदत के अनुसार बच्चों की छोटी से छोटी जिज्ञासा को शांत करने में लगी रहती थी |दो महीनों में उनके बीच काफी लोकप्रिय हो चुकी थी | अपनी क्लास के बच्चों से छोटे- मोटे स्किट भी करवाती जिससे बच्चों में स्टेज फियर ख़त्म हो सके |

एक शनिवार को सिदि्ध ,पम्मी और ईशान तीनों नाश्ते के बाद लॉन में धूप सेंक रहे थे | इन दो महीनों में पम्मी की ईशान से भी दोस्ती हो गयी थी | कभी-कभी खाली समय में वह उसके कमरे में चली जाती और उसके साथ उसका दोस्त बनकर बात करने की कोशिश करती |

पहले उसके आते वह परदे के पीछे छिपने की कोशिश करता लेकिन धीरे- धीरे उससे हिल- मिल गया | आज वही उसे बाहर लेकर आई थी | रधिया ने घास पर चटाई बिछा दी थी और उसके खिलौनों को उस पर रख दिया था वह उन्हीं में व्यस्त था | वो अपने खिलौनों का एक महल

बनाने की कोशिश कर रहा था पर वह बार-बार गिर जा रहा था |

उसने परेशान होते हुए पुकारा – "मम्मी देखो न यह महल बार- बार गिर जा रहा है ...मुझसे बन नहीं पा रहा है |"

"मम्मी को छोड़ो लाओ चलो मैं तुम्हारी हेल्प कर देती हूँ ..."

"आहा ...पम्मी आंटी मेरी मदद करेंगी ...अब तो मैं बना ही लूँगा "...कहते हुए वह बच्चों जैसे ताली बजाकर हंसने लगा |

"ताली बजाना छोडो पहले ये बताओ यह कहाँ से टूटती है....."

और वे दोनों उसमें व्यस्त हो गए | वहीं बैठी सिद्धि उन्हें ध्यान से देख रही थी | सोच रही थी कि ईशान कितना हिलमिल गया है पम्मी से | जब वह जाएगी तो वह उसे काफी मिस करेगा |

पम्मी ईशान का महल बनाकर सिद्धि की बगल में आ बैठी | ईशान खुश होकर अपने महल में व्यस्त हो गया|

"सिद्धि दी ईशान के साथ जो है सो अलग है लेकिन कुछ समझाओ तो जल्दी समझ लेता है |"

"हाँ, वो तो है लेकिन अपनी उम्र के हिसाब से तो दिमाग कमजोर ही है न ".....सिद्धि ने ठंडी सांस भरते हुए कहा |

पम्मी को कोई जवाब न सूझा इसलिए वो मौन रह गयी |

अचानक पांच मिनट बाद सिद्धि ने पम्मी से पूछा – "अच्छा पम्मी ,तुझे परिवार की याद आती है कि नहीं |

"आती है न ...जब तक काम में व्यस्त रहती हूँ तबतक तो ठीक रहता है लेकिन जैसे ही अकेली हुई या कोई काम न रहा वैसे ही जी उनसे मिलने को बेचैन हो जाता है | कैसे मैंने अपने मन को काबू में किया हुआ है मैं ही जानती हूँ |"

"तो फोन पर बात कर ले | बात करके भी तुझे अच्छा लगेगा |"

"नहीं दी, किस मुंह से बात करूं | मैंने उनके साथ जो व्यवहार किया है उसे सोचकर अपने आप पर गुस्सा आता है और ग्लानि भी होती है |"

"तेरे घरवाले तुझसे बहुत प्यार करते हैं, ये बात तो तू मानती है न |"

"हां सौ प्रतिशत ...उनके प्यार के कारण ही तो टूटने और बिखरने से बची रही हूँ |"

"तो मैं भी सौ प्रतिशत दावे के साथ कह सकती हूँ वे तुझे और तेरे रवैये को अच्छी तरह समझते होंगे और तुझसे गुस्सा नहीं होंगे |"

"काश ऐसा होता ......

"ऐसा ही होगा .....तू एक् कदम आगे बढ़ाएगी न तो देखना वो दो कदम आगे बढ़कर तुझे गले लगाएंगे| अपने ऐसे ही होते हैं ....उनका गुस्सा क्षणिक ही होता है | अपने कभी अपनों से ज्यादा देर तक रूठ ही नहीं सकते |"

पम्मी ने कुछ कहा नहीं बस मौन रहकर स्वीकृति जाहिर की |

"अच्छा चल ,आज तो छुट्टी है | सोमवार से स्कूल में फाइनल एग्जाम शुरू होने वाले हैं ...कहीं घूम के आते हैं, कुछ नहीं तो मार्केट ही घूम कर आते हैं ..."

"रधिया, तू ईशान को लंच करा देना.... हमलोगों को थोड़ी देर हो जाएगी |"

"मम्मी. मैं भी घूमने जाऊँगा ....मुझे भी ले चलो ...मुझे वो अपने से चलने वाली कार खरीदनी है ...ईशान ने सुनते ही कहा |

"नहीं बेटे, तुम बाद में चलना ...अभी हम जहां जा रहे हैं वहां चलने में थक जाओगे ....मैं तुम्हारी गाडी ले आऊंगी ...अब तो खुश |" सिद्धि ने प्यार से उसके सर पर हाथ फेरते हुए कहा |

"नहीं, मुझे भी चलना है ...चलना है ..अगर ईशान को नहीं ले जाओगे तो ईशान किसी से बात नहीं करेगा ...और वह मुंह फुलाकर एक कोने में बैठ गया |

"अच्छा ठीक है बाबा, ईशान भी चलेगा ...रधिया इसे तैयार कर दे और कुछ खाने का सामान भी रख ले और तुझे भी तो तैयार होना है ...चल जल्दी कर |"

"ईशान रधिया दीदी से नहीं तैयार होगा ...आज मम्मी उसे तैयार करेगी... है न मम्मी |" ईशान ने फिर जिद की |

"ईशान बेटे, रोज तो रधिया दीदी ही तैयार करती है न और कितना प्यार करती है तुझसे" ..सिद्धि ने समझाने की कोशिश की |

"वो मैं कुछ नहीं जानता ,मुझे तो आज मम्मी ही तैयार करेगी ...मम्मी ही तैयार करेगी बस "....ईशान जिद पर अड़ा रहा |

कोई उपाय न देख कर सिद्धि ने रधिया से कहा – “रधिया, बाकी की तैयारी तू कर ले तबतक मैं इसे तैयार कर देती हूँ | चल बेटे ....पम्मी , जा तू भी तैयार हो जा |”

पम्मी अभी तक चुप बैठी माँ बेटे की बातें सुन रही थी चौंक गयी और बोल पड़ी ....दी कैसे आप इतना सब शान्ति से कर लेती हैं .....मैं तो हैरान हूँ ...मेरी तो सोच से भी बाहर है |”

“सब हो जाता है.... बस विधाता को दोष देना बंद कर हालात के अनुसार अपने को ढाल लिया है | अब कभी खीझ नहीं होती | ये मेरा अपना अनुभव है जैसे ही अपने हालात के लिए दूसरों को दोष देना बंद करेंगे वैसे अन्दर से उससे लड़ने की ताकत मिलने लगेगी ”.....

“फिर भी ये एक कठिन काम है |”

“काम कोई कठिन नहीं होता ....हम ही उसे कठिन बना देते हैं ...अब कैसे ये मत पूछ... जा तैयार हो, जल्दी निकलेंगे तो जल्दी लौटेंगे |” कहती हुई सिद्धि ईशान के कमरे की ओर मुड़ गयी |

पम्मी भी अपने कमरे की ओर चली लेकिन उसका मन अभी भी सिद्धि के नजरिये को समझने की कोशिश कर रहा था | एक वह थी अपनी जिंदगी से किस कदर निराश हो चली थी वह तो भला हो घर से निकलने पर समझ आया कि और भी गम हैं जमाने में उसके गम के सिवा |

10

घरवापसी

पम्मी को घर छोड़े हुए लगभग आठ महीने हो चुके थे|

विजय राठौड़ और उनकी पत्नी रमा ने तो आशा ही छोड़ दी थी| पर कामिनी देवी तो माँ थी उन्होंने अभी तक उम्मीद नहीं छोडी थी| उनको हर पल उसके आने का इन्तजार रहता था| वे हर दिन सुबह टहलने के बहाने निकलती और पम्मी के घर से होकर गुजरते हुए तिरछी नज़रों से एक बार देख लेती कि घर बंद है या खुला| हर पल उनके मन में यह आस रहती शायद वह खुला मिले लेकिन निराशा ही हाथ लगती|

आज उनकी नींद जरा देर से खुली थी इसलिए सैर को देर हो गयी थी| सैर पर जाने के लिए वे तैयार होकर निकलने ही वाली थीं कि उनको छतरी की याद आ गयी| बारिश का मौसम था कल लौटते समय अचानक पानी बरसने के कारण वे भींग गयी थी| विजय और रमा दोनों ने एक स्वर में उनको ऐसे मौसम में बाहर न निकलने की हिदायत दे दी थी|

छतरी लेकर वे जूते पहनकर दरवाजे के पास पहुँचने वाली ही थी कि कॉलबेल बज उठी| इतनी सुबह कौन आया होगा यह सोचते हुए दरवाजा खोला| दरवाजा खुलते ही वे चौंक गयीं और जोर से चीख उठी –

"विजय ......रमा ...विजय .."

विजय और रमा आज रविवार होने के कारण सोये हुए थे| कामिनी जी की चीख सुनते ही घबरा कर दौड़ते हुए बाहर आए कि कहीं मम्मी गिर तो नहीं गई|

सामने देखा तो आश्चर्य से विजय के मुख से निकला – "अरे ! पम्मी तुम !"

"हाँ, भैया लेकिन आपलोग ऐसे मुंह बाए क्यों देख रहे हैं ? माना मैं आठ महीने बाहर रही लेकिन इसका यह मतलब तो नहीं कि आपने मुझे नहीं किसी अजूबे को देख लिया है |"

"अरे वो सब बातें रहने दे अन्दर चल ....आज तुझे देखकर मुझे बड़ी तसल्ली मिल रही है "..अब तक स्तब्ध खड़ी कामिनी जी ने उसे बांहों में भरते हुए कहा |

पम्मी उनके गले से ऐसे लग गयी जैसे वर्षों बाद मिल रही हो | दोनों माँ-बेटी ने एक दूसरे की धडकनों को महसूस कर रही थी और दोनों एक दूसरे के कन्धों को आँसुओं से भिगो भी रही थी | दोनों ही सुध खो बैठी थी |

दो मिनट बाद ही पम्मी ने चैतन्य हो मम्मी को पकडे अन्दर की ओर घुसते हुए कहा – "तब भैया- भाभी आपलोग कैसे हैं ?"

"हम सब तो ठीक हैं पर तू बता कब आई ....न कोई खबर न कोई फोन ..और तेरा सामान कहाँ है?

"पहले अन्दर आकर बैठने तो दो ....तडके सवेरे चार बजे स्टेशन पर उतरी और सामान अपने घर पर रख कर सीधे आपलोगों से मिलने चली आई हूँ ......भाभी , एक कप आपकी स्पेशल अदरक वाली चाय मिल जाए तो मजा आ जाए |"

"हाँ..हाँ ..क्यों नहीं, अभी लाती हूँ ...वैसे बड़ा अच्छा लग रहा है आपको देखकर "...रमा , जो अभी तक चुप खडी थी, हडबडाकर बोल उठी |

"अरे पम्मी, यहाँ से जाने के बाद तो तेरा हुलिया ही बदल गया है ...अब तो तू मेरी पहले वाली प्यारी बहना लग रही है ....ये सब कैसे ? विजय की आँखों में जिज्ञासा के भाव थे |

"क्यों भैया , आपको अच्छा लगा न ...बात यह है कि अब मैंने जान लिया है कि जीवन बेशकीमती है और अगर हम टूटते हैं तो इसका मतलब यह नहीं कि जिंदगी ख़त्म हो गयी है | इसलिए मैंने जीना सीख लिया है |"

"बहुत अच्छी बात कही पम्मी जी आपने ".... ट्रे में सबके लिए चाय लेकर आती रमा ने कहा|

"और यहाँ सब कैसे हैं ? मेरा मतलब अभि और उसकी पत्नी सुपर्णा से है |" पम्मी ने ट्रे से चाय का कप उठाते हुए कहा |

"वो दोनों अभी गुडगाँव में हैं ......अभि ने पिछली कम्पनी छोड़ नयी कम्पनी ज्वाइन कर ली है जो गुडगाँव में है इसलिए दोनों अभी वहीं हैं | लेकिन अभि तुझसे बहुत गुस्सा है |"

"होना भी चाहिए भैया ,मैं उसकी अपराधिनी जो हूँ .... खैर जो हुआ मैं उससे मिलकर उसे मना लूंगी... चिंता न करें | आखिर भतीजा किसका है कैसे नहीं मानेगा ?"

"अच्छा ये बता, तू इतने दिन कहाँ रही ....क्या किया.....कुछ खबर ही न थी तेरी | ऐसा लगता था कि जैसे धरती ने लील लिया हो |"

"सब बताऊँगी मम्मी, लेकिन जरा इत्मीनान से ,अभी चलती हूँ | नहा-धोकर फ्रेश होकर आती हूँ तो नाश्ते पर मिलती हूँ ...भाभी, आज जरा मेरी पसंद का नाश्ता बनाना |" चाय का कप ट्रे में रखकर उठते हुए पम्मी ने कहा |

"क्यों नहीं, आपके आने तक आपकी पसंद टेबल पर होगी ... जल्दी आइए |" रमा ने जवाब दिया |

पम्मी के जाते ही कामिनी जी ने कहा –"पम्मी में फिर पहले वाला उत्साह देखकर कलेजे को बड़ी ठंडक पंहुच रही है |"

"हां मम्मीजी, पहले और आज में जमीन आसमान का अंतर है ....क्यों विजय ?" रमा ने विजय से पूछा |

"हाँ ,एकदम सही है ...लग ही नहीं रहा है यह वही हर बात में ताने देने वाली चिडचिडी पम्मी है...उसे तो याद करके भी बदन में झुरझुरी सी होने लगती है | बस ईश्वर से यही प्रार्थना है कि मेरी बहन को ऐसे ही खुश रखे |"

"आमीन" कामिनीजी और रमा दोनों के मुंह से एकसाथ निकला |

दो घंटे बाद सभी नाश्ते की टेबल पर थे |

रमा ने पम्मी की पसंद की आलू टमाटर की सब्जी और हींग वाली कचौरियां बनाई थी |साथ में बेसन का हलवा बनाया था | हलवा घी में

बना था इसलिए घी में भुने हुए बेसन की खुशबू चारों ओर फैली थी।

"भाभी ने जरूर बेसन का हलवा बनाया है क्योंकि उसी की खुशबू आ रही है ...अच्छा हींग वाली कचौरियां भी हैं और जरा देखूं तो सब्जी क्या बनी है ...वाह ! आलू टमाटर की मेरी पसंदीदा सब्जी ...आज तो भाई, मैं जमकर खानेवाली हूँ ..कोई मुझे टोकेगा नहीं " कहते हुए उसने अपनी प्लेट भरनी शुरू कर दी।

"क्यों कोई तुझे खाने से रोकेगा ...तू मन भर खा और एक मजे की बात बताऊँ, रमा ने भी ये सब चीजें बहुत दिनों के बाद बनाई है इसलिए मैं भी डट कर खानेवाला हूँ ...रमा आज तुम्हारा कुछ कम पड़ने का बहाना नहीं चलेगा। चल पम्मी शुरू करते हैं ."....कहते हुए विजय ने भी अपनी प्लेट लगा ली।

"घबराइए नहीं ,आज कुछ कम पड़नेवाला नहीं ...शौक से दोनों भाई बहन खाइए लेकिन ध्यान से कहीं अपच न हो जाए।" रमा ने हँसते हुए कहा।

"देखा कर दी न गड़बड़ ...अभी खाना शुरू भी नहीं किया है और अपच की बात कर दी।" विजय ने नाराज होते हुए कहा।

"चलो गलती हो गयी मैं अपनी बात वापस लेती हूँ। आपलोग स्वाद ले-ले कर खाइए।"

"अरे भाभी, भैया तो यूं ही छेड़ रहे हैं ...आप भी शुरू कीजिए और हाँ, मम्मी तुमने एक ही कचौड़ी क्यों ली है ...और लो न और इतनी चुप चुप क्यों हो ?"

"मैं कहाँ चुप हूँ ...तुमलोगों की बातें सुन रही हूँ और इस उम्र में तला-भुना जरा कम ही पचता है" –कामिनीजी, जो बड़े मनोयोग से दोनों भाई बहन की नोक- झोंक सुन रहीं थी हडबडाकर बोली।

नाश्ता चल ही रहा था कि विजय ने पम्मी से कहा – "सुन पम्मी, अगर तू कहे तो अभि और सुपर्णा को दो दिनों के लिए यहाँ बुला लें। मिलना हो जाएगा और बच्चों का आना भी हो जाएगा।"

"नहीं, नहीं अभी उसे कुछ मत बताइएगा। मैं खुद जाकर उससे मिलूंगी। उसे भी तो सरप्राइज देना है और मुझे एक काम के सिलसिले में कुछ दिनों बाद दिल्ली जाना ही है वहीं मिल लूंगी।"

"दिल्ली जाना है .....आज ही तो आई है और जाने का नाम ले रही है ...ये क्या बात हुई भई, अभी तुझे नहीं जाना है मैंने कह दिया बस "...कामिनी जी तुरंत बोल पडीं |

"नहीं मम्मी, जरुरी काम है और जिस दिन जाऊँगी उसी दिन वापस आ जाऊँगी, चिंता मत करो ...फिर अभि और सुपर्णा से भी तो मिलना है |" पम्मी ने मम्मी को समझाने की कोशिश की |

"क्या काम करती है तू ?" विजय ने जानना चाहा |

"वो सब बताऊँगी भैया किसी दिन फुर्सत में ...अभी मैं चलती हूँ ....और भाभी इतने स्वादिष्ट नाश्ते के लिए बहुत- बहुत धन्यवाद |" कहती हुई पम्मी तेजी से बाहर निकल गयी, सब देखते रह गए |

कामिनीजी के मुंह से बेसाख्ता निकल गया –"ऐसे ही खुश रहा कर मेरी बच्ची ..किसी की नजर न लगे |"

"हाँ मम्मी ,वर्षों बाद पम्मी का यह रूप देख रहा हूँ ...चेहरे पर चिंता की कोई लकीर नहीं,बेफिक्र और बिंदास .....बहुत झेला है इसने ...ईश्वर करे ऐसी ही उत्साह से भरी रहे |" विजय ने भी कामिनीजी का समर्थन किया |

रमा ने भी मुस्कुराकर हामी भरी और टेबल से बर्तन समेटने लगी |

"अपने बारे में कुछ बताया ही नहीं ...इतने दिन उसके अकेले कैसे गुजरे ..क्या -क्या तकलीफें झेलनी पडीं |" कामिनीजी ने लम्बी सांस लेते हुए कहा |

"चिंता मत करो मम्मी अभी तो वापस आ गयी है यही हमारे लिए बड़ी बात है और बार-बार उससे उसके बारे में न पूछो ...जब वो चाहेगी बता देगी ...जानने की हड़बड़ी क्यों है ? बस उस पर अपनी ममता लुटाती रहो |" विजय ने उठते हुए कहा |

11

प्रथम सोपान

घर पहुँच कर पम्मी ने सबसे पहले अपनी सिद्धि दी को फोन लगाया ,कुछ देर रिंग होती रही उसके बाद उधर से आवाज आयी – "हाँ बोल पम्मी ,ठीक से पहुँच गयी न और बता सबका रिएक्शन कैसा रहा?"

"बस वैसा ही जैसा आपने कहा था ....किसी ने कोई सवाल -जवाब नहीं किया, सब बड़े प्यार से मिले| हाँ, मैंने यह बताने के लिए फोन किया था कि मैं सही सलामत पहुँच गयी हूँ और यहाँ सब ठीक है| बस आपके बताये पते पर जाकर मिलना है और काम आगे बढ़ाना है |"

"हाँ, पर वे लोग तुझसे तीन बजे तक मिलेंगे ...उन्होंने कॉल कर बताया है कि उनकी कोई अर्जेंट मीटिंग आ गयी है सो तू उसी समय जाकर मिलना | मैं इस बारे में तुझे फोन करनेवाली ही थी कि तेरा फोन आ गया |"

"अच्छा हुआ दी, सफ़र की थकान अभी नहीं गयी है थोडा आराम करने का समय मिल गया | आप ही कहती हैं न जो होता है वह अच्छे के लिए होता है |"

"वो तो अभी भी कहती हूँ ....चल फोन रख, अब तेरा सब अच्छा ही होगा | मुझे ईशान को लेकर मार्केट भी जाना है |"

"ठीक है दी, फोन रखती हूँ और उनलोगों से मिलकर आपको बताती हूँ |" कहकर पम्मी ने फोन काट दिया और उसे टेबल पर रखकर अपना बिस्तर ठीक करने लगी |तभी ख्याल आया कि यहाँ घर के किसी सदस्य के पास उसके इस फोन का नंबर तो नहीं है | पहलेवाला फोन तो पिछले

आठ महीनों से अभी भी उसकी अलमारी में बंद पड़ा हुआ था| घर छोड़ने के पहले ही उसने सारी यादों से पीछा छुडाने के लिए नया फोन नये नंबर के साथ ले लिया था|

ठीक है, जब जाऊँगी तो बता दूंगी| अब तो आठ महीने हो गए है पुराना नंबर भी बंद हो गया होगा| वास्तव में यहाँ के सारे नंबर तो उसी में थे...ऐसा करती हूँ उसे चार्ज कर देती हूँ ...ऐसा सोचकर उसने अलमारी से पुराना फोन निकालकर चार्जिंग में लगा दिया|

घर की थोड़ी साफ़-सफाई सुबह में ही उसने पड़ोसन की नौकरानी को बुलाकर करवा लिया था| उनलोगों ने इतने दिन बाहर रहने का कारण पूछा तो उसने कह दिया कि नए काम के सिलसिले में बाहर रहना पड़ा |पलंग की चादर बदलकर वह आराम करने के ख्याल से लेट गयी| लेटते ही ध्यान कमरे की छत पर चला गया|

सुबह की सफाई के बावजूद कोने में जाले लटक ही रहे थे| पंखा भी काफी गन्दा हो गया था| बारिश का मौसम था उस पर से घर इतने दिनों से बंद ....सीलन की महक सभी खिडकियों के खुलने के बाद भी नहीं गयी थी| फिर भी लेटने से कमर सीधी हो गयी और कुछ आराम महसूस हुआ |

उसने एक- एक करके अपने काम के बारे में सोचना शुरू किया| आज उसे यहाँ दीनदयाल शर्मा जी से मिलना है , अपनी योजनाएं समझानी हैं | उनसे मिलने से पहले परितोष को फोन कर वहां बुलाना है|

अगर उसकी योजनाओं को शर्माजी की सहमति मिल गयी तो काम को शुरू कर देना है|

इस योजना का विचार कभी उसके मन में नहीं था| वह तो उस दिन जब सिद्धि दी, ईशान और रधिया के साथ वह बाहर घूमने गई थी तो इसका बीजारोपण हुआ था|

उस दिन बाजार से ईशान के लिए खिलौने लेने के बाद सिद्धि ने रधिया से कहा था – “रधिया ,तुझे और ईशान को थोड़ी देर मैं सेंटर में छोड़ देती हूँ क्योंकि हमें एक जगह इम्पोर्टेंट काम से जाना है|”

“क्या हुआ दी, इन्हें किस सेंटर में छोड़ने की बात हो रही है और हमें कहाँ जाना है ?” उसने जिज्ञासावश पूछा था|

"वहां ही जा रहे है खुद देख लेना"- कहते हुए उन्होंने गाडी को दाहिनी तरफ मोड़ लिया | लगभग 7-8 मिनट में वे लोग एक छोटे से भवन के सामने थे | गाडी से उतरने के बाद उसने देखा था सामने भवन का नाम लिखा था – 'ऑटिस्टिक केयर सेंटर '|

"रधिया, तू धीरे-धीरे ईशान को ले कर आ .....हमलोग तबतक अन्दर देख के आते हैं.... चल पम्मी, अन्दर |"

अन्दर जाने पर देखा ईशान की तरह के करीब पंद्रह -बीस बच्चे बैठे कुछ न कुछ कर रहे थे | कोई ड्राइंग बना रहा था तो कोई खिलौने से खेल रहा था , कुछ आपस में बात करने की कोशिश कर रहे थे तो कुछ अपनी चीजों में ही मग्न थे | एक अलग तरह का वातावरण था | तीन शिक्षिकाएं भी थी जो उनकी सहायता कर रही थीं | उनमें से एक शिक्षिका दो बच्चों को स्पीच थेरेपी दे रही थी ताकि उनकी बोली साफ़ हो सके |

सिद्धि पर नजर पड़ते ही उनमें से एक आगे बढ़कर बोली –गुड मॉर्निंग मिसेज गुप्ता ,आज आपके साथ ईशान नहीं है ?"

"गुड मॉर्निंग डॉक्टर सोनिया , ईशान के बिना कभी यहाँ आई हूँ.... वह पीछे-पीछे आ रहा है और आप कैसी है ? सेंटर कैसा चल रहा है ?"

"सब ठीक चल रहा है ...कल ही दो नए बच्चे आए हैं | मिसेज गुप्ता आप जैसे लोगों के कारण ही तो यह सब संभव हो सका है | वरना मुझ अकेले से यह सब कहाँ संभव था ?"

"ऐसी बात नहीं है डॉक्टर , यह सब आपकी मेहनत और डेडीकेशन की वजह से ही है |सिद्धि ने कहा और पम्मी की ओर इशारा करते हुए बोली –

" इससे मिलिए यह मेरी छोटी बहन प्रमिला है | इसे हम प्यार से पम्मी कहते हैं ...और पम्मी ये हैं डॉक्टर सोनिया इस सेंटर की कर्ता-धर्ता ...इन्हीं के प्रयास और समर्पण से इतना बड़ा कार्य यहाँ संभव हो सका है |"

"वो तो दिख ही रहा है ..नमस्ते! आप से मिलकर बहुत ख़ुशी हुई |"

डॉक्टर सोनिया ने पम्मी के जुड़े हाथों को अपने हाथों में लेते हुए कहा --

"नमस्ते ! मुझे भी बहुत अच्छा लगा | मिसेज गुप्ता की बातों पर मत जाइएगा ....ये कुछ ज्यादा ही बोल रही हैं | आप तो समझ सकती हैं कि ये सब काम सामूहिक प्रयास से ही संभव होते है , एक अकेले के बस के नहीं होते हैं |"

"ये तो आपका बड़प्पन है | खैर छोडिये, इन सब बातों को, बताइए बच्चों में इम्प्रूवमेंट कैसा है |"सिद्धि ने पूछा |

"आप को तो पता है इसमें स्लो इम्प्रूवमेंट होता है | एक बात अच्छी है कि सभी हमसे काफी हिलमिल गए हैं और जो हम सिखाते हैं वे सीखने की कोशिश करते हैं | अब ये अलग बात है कि उन्हें थोडा समय लग जा रहा है |"

तब तक रधिया के साथ ईशान आ चुका था | उसे देखते ही कुछ बच्चे ख़ुशी से उछलने लगे, शायद वे उसे पहचानते थे |

"हैलो ईशान, हाउ आर यू ? डॉक्टर सोनिया ने ईशान को देखते ही कहा | पर उसका ध्यान तो अपने दोस्तों की ओर लगा था इसलिए नहीं सुन सका |

"बेटे, मैम को गुड मॉर्निंग बोलो "–सिद्धि ने बेटे से कहा |

"गुड मॉर्निंग मैम .....मम्मी मुझे खेलना है दोस्तों के साथ |" ईशान ने दोस्तों की तरफ ही देखते हुए कहा |

"डॉक्टर, मैं इसे यहाँ एक घंटे के लिए छोड़ना चाहती हूँ | कुछ देर यहाँ रहेगा तो कुछ सीखेगा ही | रधिया भी यहीं रहेगी उसको देखने के लिए | आपकी इजाजत है न |" सिद्धि ने औपचारिकतावश पूछ लिया |

"अरे, आपको इजाजत की क्या जरूरत है | बिलकुल छोड़ कर जाइए बल्कि हमें तो अच्छा लगेगा कि वह यहाँ से कुछ सीख कर जा रहा है |"

"मम्मी ...मम्मी मुझे वहां जाना है "–ईशान ने सिद्धि की साड़ी खींचते हुए कहा |

"हाँ बेटे, जाओ और किसी को तंग न करना ......रधिया इसे ले जाओ और इसके पास ही बने रहना | देखना किसी को तंग न करे |"

रधिया सर हिलाते हुए उसे वहां से ले कर उसके दोस्तों के पास चली गयी |

"आप चिंता न करें मिसेज गुप्ता हम सब यहाँ हैं |"

"वह तो मैं जानती हूँ ...अच्छा एक घंटे में मिलती हूँ| बाय.... " कहते हुए सिद्धि पम्मी के साथ बाहर निकली|

गाड़ी पर बैठकर सिद्धि ने उसे दूसरी दिशा में मोड़ दिया|

थोड़ी दूर आगे बढ़ने पर पम्मी को एकदम शांत बैठे देखकर सिद्धि पूछ बैठी – "क्या बात है पम्मी, तू इतनी शांत क्यों बैठी है ? बच्चों के बारे में सोच रही है क्या ?"

"हाँ. उनके बारे में तो सोच ही रही थी पर डॉक्टर सोनिया और उन दोनों टीचर्स के बारे में भी सोच रही थी कि कितना धैर्य है उन सबमें | हमसब तो सामान्य बच्चों को पढ़ाने में उनके ध्यान न देने पर चिड़चिड़ा जाते हैं ,ऐसे बच्चों के लिए बड़े धैर्य की जरुरत है |"

"तू सही कह रही है ....साधारण इंसान तो खीझ उठेगा | तूने जिन को देखा है न वे सब जिंदगी की भयानक क्रूरता का सामना कर चुकी हैं इसलिए ये कठिनाइयां उनके लिए कुछ नहीं हैं |"

"क्या मतलब ?"

"मतलब यह कि जिस डॉक्टर सोनिया से तू मिलकर आ रही है उसने अपने पूरे परिवार को एक कार ऐक्सीडेंट में खो दिया था और स्वयं तीन महीने जख्मी हालत में कोमा में रही थी |"

"फिर ?.....

"फिर क्या.... हमारी यहाँ एक अखिल भारतीय स्तर की संस्था है जो स्त्रियों और बच्चों के वेलफेयर के लिए काम करती है उसने दिन रात एक करके उनको पहले डिप्रेशन से बाहर निकाला और आत्मनिर्भर बनने में सहायता की | जब वह अपने पैरों पर खड़ी हो गयी तो खुद उन्होंने ऐसे बच्चों की सहायता का कार्य चुना और इस के लिए हमारी सहायता से स्पेशल ट्रेनिंग ली और यह सेंटर खोला |"

"बड़ी हिम्मती महिला है जीवन में कुछ बचा नहीं पर जीवन को ऐसा बना लिया जिससे बहुत कुछ किया जा सके |"

"एकदम सही कह रही हो |अगर सबकी सोच ऐसी हो जाए तो कोई भी विपत्ति से नहीं घबराएगा |"

"और वो दोनों टीचर्स ?"

"उनकी कहानी भी अलग ही है एक के ससुरालवालों ने जलाने की कोशिश की | किसी तरह अपने को बचाकर भागी लेकिन 40%जल चुकी थी | हमारी संस्था ने उसका इलाज भी करवाया और इन्साफ भी दिलवाया |"

"और दूसरी की कहानी ?"

"इसके पति युद्ध में शहीद हो गए थे | किसी तरह इस दुःख से उबरी ही थी कि बोर्ड एग्जाम में कम नंबर लाने पर बेटे ने पंखे से लटक कर जान दे दी | इस दुःख को यह न झेल पाई और फिनायल की पूरी बोतल पी कर जान देने की कोशिश की | बच तो गयी लेकिन करे तो क्या करे तो हमलोगों ने इसे यहाँ लगवा दिया |अब वह खुश है |"

"सच में इनके हौसले की दाद देनी पड़ेगी |"

ऐसा कहकर पम्मी मन ही मन सोचने लगी—"एक मैं तीन साल से एक ही दुःख को सीने से लगाए अपनी जिंदगी खराब कर ही रही हूँ और घरवालों को भी दुःख दे रही हूँ |मुझमें आगे बढ़ने ,कुछ करने की चाह ही नहीं रह गयी है | ऐसा जीवन किस काम का ? इनको देखकर तो अपने ऊपर गुस्सा और ग्लानि के सिवा कुछ भी नहीं आ रहा है |"

उसकी आँखें छलछला आईं और उसने धीरे से सिद्धि के गियर पर रखे हाथ के ऊपर अपना हाथ रखते हुए कहा –

"दी, आप मुझे पहले क्यों नहीं मिली ? आपका साथ तो किसी में भी जान फूंक सकता है|"

"अभी तो मिल गयी न... बोल ...कहाँ जान फूंकनी है " – सिद्धि ने मुस्कुराकर उसका हाथ पकड़ते हुए कहा |

"आप मेरी बात को मजाक में मत लीजिए ....मैं सच कह रही हूँ |" पम्मी ने बात स्पष्ट करने की कोशिश की |

"तो मैं कहाँ गलत कह रही हूँ ....तुझे पता है न जब जागो तभी सवेरा | अभी कौन सी देर हुई है? लग जा काम पर."....कहते हुए उसने गाड़ी रोकी |

सामने 'ऑल इंडिया वीमेन एंड चिल्ड्रेन वेलफेयर एसोसिएशन' का कार्यालय था |

वे दोनों वहां गईं। सिद्धि ने उसे कार्य का तरीका और क्या-क्या कार्य किया जाता है सब बतलाया।

"बाद में किसी दिन तुझे इसका वर्कशॉप भी ले चलूंगी वहां का काम तुझे और अच्छा लगेगा।" सिद्धि ने कहा और वे वापस ईशान और रधिया को लेने सेंटर की ओर मुड़ गए।

12

निश्चय -अनिश्चय

अनिश्चय की स्थिति में इंसान विचारों के जाल में फंस जाता है | वह अच्छे-बुरे ,हानि-लाभ के तर्क-कुतर्क के बीच कोई निर्णय नहीं ले पाता है |ऐसे में किसी अनुभवी व्यक्ति का मार्गदर्शन उसे उबार लेता है | पम्मी भी अभी इन्हीं हालातों से गुजर रही थी | उसे किसी के मार्गदर्शन की जरूरत थी |

वहां से लौटने के बाद चार दिनों तक वह इसी चिंतन और उधेड़बुन में पड़ी रही कि वह भी कोई इस तरह का काम शुरू करे या जैसे चल रहा है चलने दे |

एक मन कहता - "अरे पम्मी, अब तेरे जीवन में क्या रखा है? बस खाने-पीने भर की जुगाड़ कर, जिंदगी यूं ही गुजर जाएगी|"

दूसरा मन कहता – “क्या पम्मी, इतने लोगों से मिलने के बाद भी तेरा मन नहीं करता कि तू भी अपने दुःख भुलाकर दूसरे लोगों के दुःख को कम करने की कोशिश कर...पम्मी ये जिंदगी ईश्वर की नेमत है इसे गुजार मत इसे जीने की कोशिश कर |”

फिर एक सोच उभरती - “पम्मी अगर तू कोई काम शुरू भी कर दे तो क्या उसे निभा भी पाएगी क्योंकि इतने दिनों की नकारात्मकता ने तुझे ऐसा तोड़कर रख दिया था कि तुझे अपने ऊपर उसे पूरा करने विश्वास ही नहीं रह गया है |”

फिर मन में यह भी बात आती – “पम्मी , यह सब बड़ी जिम्मेदारी वाला काम होता है बेकार में परेशान होना पड़ेगा |”

वह अंतद्‌र्वंद से जूझ रही थी और कहीं किनारा नहीं मिल पा रहा था |

एक दिन ऐसे ही उसने फुर्सत के समय सिद्‌धि दी से हिचकिचाते हुए बोल दिया – “दी, मैं बहुत दिनों से आपसे कुछ कहना चाहती थी |”

“हाँ, बोल न पम्मी, तुझे इतना पूछने की जरूरत नहीं है....क्या बात है तेरे मन में ?

“आप सबको देखकर मेरा मन भी कुछ करना चाहता है पर क्या करूं कुछ समझ में नहीं आ रहा है और मालूम नहीं कर भी पाऊँगी कि नहीं ...आप ही कुछ बताइए |”

“ये तो बड़ी अच्छी बात है ...तू अपने मन के अंधेरों से बाहर निकल रही है, मुझे बहुत ख़ुशी है इस बात की | करने का क्या है ? जिस काम में तेरा मन लगे वही कर |

“वही तो समझ नहीं पा रही हूँ .....आपके जितनी समझ भी तो नहीं है |”

“समझ की बात छोड़, वह तो करते-करते अपने आप आ जाती है | अच्छा तू ऐसा क्यों नहीं करती है कि छुट्‌टी के दिनों में हमारे कार्यालय में जाकर काम सीख और समझने की कोशिश कर |”

“हाँ यह ठीक रहेगा, वहां जाऊँगी तो दिमाग और खुलेगा और निश्चय कर पाऊँगी कि मैं क्या कर सकती हूँ ? इस शनिवार से जाना शुरू कर देती हूँ ...ठीक है न दी |अभी तो बच्चों की थोड़ी सी कॉपी जांचने के लिए बची हैं ...इसलिए चलती हूँ |”

“ठीक है, जा उस काम को पहले ख़त्म कर और कल कार्यालय में तेरे लिए बात कर लूंगी |”

सिद्‌धि उसे जाते देखती रही फिर सोचने लगी थी कि पम्मी के जिस रूप से वो आज से तीन महीने पहले मिली थी उसमें और अब में काफी अंतर आ गया है | कहाँ वह बिखरी -बिखरी सी निस्तेज और हारी हुई सी पम्मी और आज की पम्मी भीतर और बाहर दोनों तरह से पूरी तरह बदली हुई |

उसे वह दिन याद आया जब उसके पति के बचपन के गहरे दोस्त सुखदेव देशमुखजी की बेटी रूचि ने उसे फोनकर बताया था -

“उसकी कोई प्रमिला आंटी उसके स्कूल में इंटरव्यू के लिए जा रही है और शाम तक नासिक पहुंचेंगी| घर से थोड़ी परेशान होकर निकली हैं इसलिए आप जरा देख लीजिएगा| उनकी फोटो व्हाट्सअप कर रही हूँ |”

फोटो देखते ही वह चौंक गयी थी अरे यह तो पम्मी लग रही है लेकिन कितनी बेजान और बूढ़ी सी | एक बार मन में यह बात भी आई कि पम्मी इस हाल में क्यों होगी? उसका पति है, बच्चे हैं | अब तक तो उसके बच्चे बड़े भी हो गए होंगे इसलिए मन को थोड़ी तसल्ली मिली |लेकिन शक्ल बड़ी मिलती जुलती सी थी और नाम भी प्रमिला था इसलिए वह अपने को रोक न सकी|

वह जानती थी कि पुणे से नासिक आने के लिए कौन सी ट्रेन आती थी | इसलिए समय पर गाड़ी उठाई और चल दी ये देखने के लिए कि यह सच में उसकी वाली पम्मी यानी प्रमिला है या कोई उसी की हमनाम और हमशक्ल है | स्टेशन पर उसे देखते एकबारगी लगा कि पम्मी ऐसी नहीं दिख सकती फिर भी अपने मन की तसल्ली के लिए वह पूछ ही बैठी और वह उसकी ही पम्मी निकली |

दिल रो पडा था लेकिन किसी तरह अपने को संभाल उसे घर लेकर आई और उसमें फिर से जीने का उत्साह भरने का जी- जान से प्रयास करने लगी |यह अलग बात है नेगिटीविटी को पॉजिटिविटी में बदलने में तीन महीने लग गए |

अब हर शनिवार और रविवार पम्मी कार्यालय जाने लगी| जहीन तो थी ही और मैनेजमेंट का कोर्स भी किया हुआ था इसलिए सारी बातें कुछ ही दिनों में समझ गयी |

सिद्धि ने उसके बाद उसे वर्कशॉप ले जाना शुरू किया | वहां उसने देखा कुछ स्त्रियाँ सिलाई मशीन पर कार्य कर रही थीं तो कुछ बंधेज के काम में लगी थीं | कुछ हस्त-शिल्प और कढाई तो कुछ पुराने कपड़ों से आसन और दरी बुनने का काम कर रही थीं |

सिद्धि ने बताया कि इन सारी महिलाओं के जीने का सहारा ही यही है |इनके परिवार में कोई नहीं है | हम इन्हें काम ला कर देते हैं ये ऑर्डर पूरा करती हैं |आय का 30% हम रखते हैं और 70% इनका होता है |

वहां सारे काम देख के आने के बाद भी पम्मी उलझन में थी कि उसे क्या करना चाहिए |

स्कूल के फाइनल एग्जाम्स हो चुके थे | पंद्रह दिन तो कॉपी करेक्शन और रिजल्ट तैयार करने में किसी को किसी दूसरे काम की सुध भी नहीं थी | जब सब कुछ हो चुका तो नए सेशन शुरू होने के पहले सप्ताह भर का ब्रेक दिया गया था |

अब फिर से पम्मी को अपने काम की याद आई | वह बैठी सोच ही रही थी कि उसका फोन बज उठा| सामान्यतः उसका फोन बहुत कम ही बजता था | घर के लोगों के पास यह नंबर था ही नहीं और यहाँ बहुत कम लोगों के साथ उसका मिलना-जुलना था | उसे आश्चर्य हुआ कि अभी रात के नौ बजे किसका फोन हो सकता है |

उसने देखा तो रूचि का फोन था | इतने दिनों के बाद रूचि का फोन ...आखिर बात क्या है जो वह इस समय फोन कर रही है ..सोचते हुए उसने फोन उठाया |

"हैलो ..रूचि कैसी हो ?"

" नमस्ते आंटी ,पहले आप बताइए आप कैसी हैं ? वहां जाकर तो भूल ही गयी हैं | आज आपकी याद आ रही थी इसलिए फोन कर लिया | आपका स्कूल कैसा चल रहा है ?"

"रुको.. एक-एक कर जवाब देती हूँ ..मैं यहाँ एकदम ठीक हूँ और स्कूल भी अच्छा चल रहा है |फाइनल्स ख़त्म हुए है एक सप्ताह का ब्रेक मिला है तो आराम कर रही हूँ |और हाँ एक बात बताना भूल ही गयी यहाँ की जो प्रिंसिपल सिद्धेश्वरी गुप्ता हैं न वो मेरी पूर्व परिचित सिद्धि दी निकली |उनके रहते मुझे यहाँ किसी तरह की दिक्कत का सामना नहीं करना पड़ा |"

"अरे यह तो बहुत अच्छा हुआ ...आपकी आवाज की खनक बता रही है कि आपके जीवन का अँधेरा छंटने लगा है |"

"सो तो है और रही सही कसर भी दूर हो जाने का समय आने वाला है |"

"वो कैसे आंटी ?"

“सिद्धि दी से मैंने बहुत सीखा और उनसे प्रेरित होकर मैंने भी निश्चय किया है कि कुछ ऐसा काम शुरू करूं जिससे लोगों का कल्याण हो सके| पर असमंजस में हूँ कि क्या करूं ,कहाँ से शुरू करूं ?”

“आपकी सिद्धि दी ने कुछ नहीं बताया क्या ?”

“नहीं..नहीं उन्होंने तो सारे रास्ते दिखा दिए अब मुझे ही उनमें से कोई एक चुनने में दिक्कत हो रही है| अच्छा इन बातों को छोड़ ,पहले तू ये बता कि अभी तू है कहाँ और गोलू कैसा है ?”

“मैं ,आंटी..अभी तो अपने पति के पास गुडगाँव में हूँ ,दो महीने पहले ही आ गयी थी....गोलू मस्त है अभी सो रहा है ...थोडा-थोडा बोलने की कोशिश करने लगा है और अब तो भागने भी लगा है सो उस में समय कैसे निकल जाता है कुछ पता ही नहीं चलता |”

“रूचि इतने दिनों बाद भी तुमसे बातकर बहुत अच्छा लग रहा है ...ऐसा लग रहा है कि तुम्हारे माध्यम से फिर मुझे कोई नया मार्ग सूझ जाएगा |”

“अरे नहीं आंटी, कैसी बात करती हैं ?कोई किसी को आगे नहीं ले जाता है सिर्फ उसकी हिम्मत ही उसे आगे ले जाती है | आप को अब किसी की जरुरत नहीं है क्योंकि आप खुद सक्षम हैं | देखिएगा आप का चुनाव कभी गलत नहीं होगा |”

“पर मेरा तो अपने ऊपर का ही विश्वास हिला हुआ है |”

“नहीं, आपको ऐसा लगता है ,मुझे तो आपकी बातों से तो ऐसा प्रतीत नहीं होता है | अच्छा आंटी, अब मैं फोन रखती हूँ ...गोलू कुनमुनाने लगा है ...बाय आंटी |”

“बाय रूचि ”...कहकर पम्मी ने फोन रख दिया |

“किसका फोन था इतनी रात को पम्मी ”....कहती हुई सिद्धि कमरे में घुसी |“मैं पानी लेने इधर आई तो तेरी आवाज सुनकर चली आई |”

“कुछ नहीं दी ,मेरे एक जान पहचान वाले का फोन था | उसी से काम के बारे में बात कर रही थी |”

‘अच्छा याद आया, तूने कुछ डिसाइड किया या नहीं और देख जितना देर करेगी ये काम करने का उत्साह भी कम पड़ता जाएगा |”

"आप ही कुछ सुझाइए न दी, कोई भी एन.जी ओ.को खोलने के लिए यहाँ जगह चाहिए ,लाइसेंस चाहिए, कुछ लोग भी चाहिए.... कहाँ से ये सब होगा मुझे तो अभी से घबराहट हो रही है |"

"क्यों? यहाँ क्यों जगह चाहिये ? क्या यहीं जिंदगी बितानी है, अपने घर नहीं जाना है क्या ?अपने परिवार के पास तो तुझे जाना ही है न ...तो वहीं क्यों नहीं अपना काम शुरू करती |"

"क्यों दी ,आपको मेरा यहाँ रहना अच्छा नहीं लग रहा है क्या ? मैं तो सोच रही थी आपके सहयोग से अपना काम शुरू करूंगी और आप मुझे यहाँ से जाने को कह रही हैं ".....सिदि्ध की बातों को सुनकर पम्मी की आँखें बरबस ही छलछला आईं |

"अरे नहीं रे, क्या तुझे लगता है कि तेरे लिए ऐसा मैं सोच सकती हूँ ? लेकिन ये भी तो सच है कि तू हमेशा के लिए तो नहीं रहनेवाली | एक न एक दिन तो परिवार से मिलेगी ही तो अभी से क्यों नहीं शुरू कर देती है |"

"बात तो आप ठीक ही कह रही हैं पर अभी मैं वहां जाना नहीं चाहती और किस मुंह से जाऊं ?फिर वहां किसकी मदद मिलेगी ?"

"इसी मुंह से जाएगी और किस मुंह से जाएगी "......सिदि्ध ने मुस्कुराते हुए कहा

"लेकिन अभी कौन कह रहा है जाने के लिए ...आधा काम तो तेरा यहीं से हो जाएगा |बस वहां अपना कोई ऐसा विश्वासी आदमी खोज जिस पर तुझे खुद से ज्यादा भरोसा है ...बाकी तो यहाँ से तुझे सारी हेल्प मिल ही जाएगी |"

"ठीक है दी, अब मैं अपनी सारी योजनाएं उस नजरिये से बनाती हूँ लेकिन यहाँ जितना आसान था वहां उतना ही मुश्किल है |"

"क्या मुश्किल है ..सुना है न कोई भी काम तभी असंभव या मुश्किल लगता है जब तक शुरू न किया गया हो| शुरू करने के बाद मार्ग अपनेआप मिलता जाता है | इसलिए शुरू तो कर ....अच्छा बहुत ज्ञान दे दिया ...मैं चलती हूँ काफी रात हो गयी है| तू भी सो जा बाकी बातें कल करेंगे "......कहती हुई सिदि्ध कमरे से निकल गयी |

सिद्धि सोने के लिए कहकर तो निकल गयी लेकिन पम्मी की आँखों में नींद कहाँ ?उसकी चिंता का विषय था कि ऐसा भरोसे वाला व्यक्ति कहाँ से लाए जो उसके पीछे वहां काम को खड़ा कर सके|बहुत सोचने पर भरोसेमंद व्यक्ति में उसे परितोष का ही ख्याल आया|

लेकिन समस्या यह थी कि वह क्यों उसकी मदद करेगा यह एक जिम्मेदारी के साथ मेहनत और परेशानी वाला भी काम था | उसकी अपनी जिम्मेदारियां हैं वह उसे पूरा करने में अपना समय लगाएगा कि उसके काम को समय देगा ..नहीं ..नहीं उसे वह कैसे बोल सकती है?

फिर मन में एक विचार आया कि उसकी तो उसके बिजनेस के चलते जयपुर में काफी जान-पहचान है वह भी किसी का नाम सुझा सकता है| यह सोचकर उसके मन को थोड़ी तसल्ली मिली और वह सोने की कोशिश करने लगी|

13

नयी कोशिश

टन....टन...टन...अलार्म की घंटी बज उठी | हडबडाकर पम्मी उठ बैठी | सामने दीवार पर टंगी घडी पर एक नजर डाली | अरे दो बज गए ..कुछ पता ही नहीं चला कब आँख लग गयी | उसे तो दीनदयालजी से तीन बजे मिलने जाना है | फिर परितोष को भी फोन करना है | उसे तो यह भी पता नहीं कि वह जयपुर में है | उसने परितोष को फोन लगाया | कुछ देर रिंग होती रही फिर उधर से आवाज आई –

"हैलो पम्मी जी , क्या आप जयपुर आ गयी हैं ? मैं आपके फोन का ही इन्तजार कर रहा था |"

"नमस्ते परितोष जी , आ तो मैं सुबह को ही गयी थी ...सॉरी, मैं आपको उस समय कॉल नहीं कर सकी ...आप तो जानते हैं न कि आठ महीने से घर बंद पड़ा था सो यहाँ की व्यवस्था में और घर वालों से मिलने मिलाने में देर हो गयी | आई एम सॉरी वन्स अगेन |"

अरे...अरे इतनी माफ़ी तो नहीं मांगिये ..आपने कोई गुनाह नहीं किया है | मैं समझ सकता हूँ आपकी परेशानी | हाँ तो बताइए कहाँ मिलना है दीनदयालजी के यहाँ न .....कितने बजे तक पहुंचना है ?

"हाँ उन्हीं से मिलने जाना है तीन बजे लेकिन एक समस्या है जिस पर मेरा ध्यान अभी-अभी गया है | बात यह है कि इतने दिनों से बंद पड़ी मेरी गाड़ी की बैट्री पता नहीं चार्ज भी है कि नहीं | देखने लगूंगी तो समय लग जाएगा और देर हो जाएगी |"

"तो इसमें सोचने वाली क्या बात है मैं आपको पिक कर लेता हूँ| जाना तो दोनों को एक ही जगह है|"परितोष ने उपाय सुझाया|

"ठीक है, इससे अच्छी बात और क्या होगी .... तो मैं समय पर रेडी हो जाती हूँ| थैंक्स परितोष जी|"

"इसमें थैंक्स की क्या बात है ....चलिए मैं आता हूँ|"

परितोष ने फोन रखकर नेहा को आवाज दी – "नेहा जरा इधर आना तो|"

"हाँ बताइए क्या बात है ...पम्मी ने कुछ खबर की|"नेहा ने आते ही पूछा|

"हाँ उसी ने अभी फोन किया था ...वह सवेरे ही आ गयी थी|वह जो काम यहाँ करना चाहती है उसी सिलसिले में एक व्यक्ति से मिलना है | अगर उनसे मिलने का मन है तो चल सकती हो उधर से होता हुआ जाऊँगा|"

"अच्छा ठीक है, मैं दस मिनट में तैयार होकर आती हूँ|" कहती हुई नेहा अन्दर चली गयी|

परितोष ड्राइंग रूम में सोफे पर बैठ उसका इन्तजार करने लगा| उसे आज से दो महीने पहले की वो शाम याद आ गयी जब वह अपने सारे काम निबटाकर अपने ऑफिस से निकलने ही वाला था कि उसका फोन बज उठा| अनजान नंबर देख उसने उसे नहीं उठाया|

दो मिनट बाद फिर बज उठा| उसे लगा बार-बार कॉल किया जा रहा है हो सकता है किसी क्लाइंट का हो यह सोचकर उसने फोन रिसीव करते हुए कहा – "हैलो"

पर उधर से कोई आवाज नहीं आई तो

वह घर के लिए निकल पड़ा|

घर पहुँच कर उसने अपना बैग टेबल पर रखा ही था कि फिर से मोबाईल बज उठा| उसने एक-दो बार 'हैलो...हैलो' कहा पर कोई उत्तर न पाकर फोन रखने ही वाला था कि उधर से आवाज आई – "प्लीज फोन मत रखियेगा|"

यह आवाज तो परितोष हजारों में पहचान सकता था ....थोड़ी देर उसे खुद को सँभालने में लगा –

"पम्मी जी आप ....आप ठीक तो हैं न ...अभी कहाँ है .....आपके जाने से हमसब कितने परेशान थे ...खासकर आंटीजी उनके तो चेहरे की हंसी ही गायब हो गयी है |बस बहुत हो चुका लुका- छिपी का खेल ...अब आप वापस आ जाइए |" परितोष अपने आप को रोक नहीं पाया और एक सांस में सारे सवाल कर बैठा |

“अरे ..अरे एक साथ इतने सवाल पूछेंगे तो उत्तर देना मुश्किल हो जाएगा | मैं एकदम ठीक हूँ और कहाँ हूँ ये अभी नहीं बताऊँगी | एक स्कूल में पढ़ा रही हूँ | मैं जानती हूँ कि मेरे जाने से सब परेशान होंगे लेकिन अभी मैं उस विवाद में नहीं पड़ना चाहती हूँ |मैंने आपको फोन इसलिए किया है कि मुझे अपने काम में आपकी सहायता चाहिए |”

“पम्मी जी, आप कब से इतनी स्वार्थी हो गयीं ..आपको किसी की भावनाओं का ख़याल नहीं रहा क्या सचमुच सिर्फ अपने काम के लिए फोन किया है |” परितोष के स्वर में निराशा थी |

“भावनाओं से ऊपर उठकर ही तो स्वयं को पहचान पाई हूँ .....खैर छोडिये यह बताइए मेरी मदद करेंगे या नहीं |”

“आपको मैंने कभी न बोला है जो आज बोलूँगा | कहिये कैसी मदद चाहिए ?”

फिर पम्मी ने उसे अपनी योजना के बारे में बताते हुए अपनी आवश्यकताओं के बारे में बताया |

---“यह तो बड़ा अच्छा कार्य है | इसमें तो मैं और नेहा दोनों ही आपकी मदद कर देंगे |”

“नेहा भाभी को क्यों इसमें घसीट रहे हैं ...बेचारी को घर से ही फुर्सत नहीं मिलती है |” पम्मी ने प्रतिवाद किया |

“अरे नहीं, दोनों ही बच्चे बाहर हैं तो वह खाली बैठी रहती है | उसका भी मन ऐसे कामों को करने का कर रहा था इसीलिए मैंने कहा | आप जब यहाँ आकर सब सेटअप करेंगी तो वह भी आपकी मदद कर देगी | एक मिनट मैं उसे बुलाता हूँ ......नेहा ...नेहा ...जरा इधर तो आना |” परितोष ने आवाज लगाई|

– लो तुम्हारा फोन है |” नेहा के आते ही परितोष ने उसे फोन पकडाते हुए कहा

"मेरा फोन ..और इस समय ...किसका है ?" फोन हाथ में लेते हुए नेहा ने पूछा।

"तुम्ही पूछ लो" कहकर परितोष फ्रेश होने अन्दर चला गया।

"हैलो ,कौन बोल रहे हैं ?"

"नमस्ते भाभी .. मैं प्रमिला बोल रही हूँ ...आप कैसी हैं ?"

"प्रमिला ... यानी हमारी पम्मीजी .... सच में आप ही बोल रही हैं न।" नेहा को जैसे विश्वास ही नहीं हो रहा था।

"तो क्या आपको लगता है कि मैं आपसे झूठ बोलूंगी ? मैं आपकी पम्मी ही हूँ।"

"कैसी हैं आप और पहले ये बताइए कहाँ हैं आप ? यहाँ वापस कब आ रही हैं। आंटीजी को बताऊँगी तो कितनी खुश हो जाएंगी।"

"नहीं- नहीं, अभी किसी को कुछ भी बताने की जरूरत नहीं है।मैं खुद ही उन्हें बता दूंगी। मैंने जिस काम के लिए फोन किया है उसके बारे में परितोष जी को बता दिया है।वे कह रहे थे कि आप भी ऐसे कामों में रूचि रखती हैं और करना भी चाहती हैं।"

"कैसा काम ? मैं कुछ समझी नहीं" ...नेहा ने थोड़े असमंजस के साथ पूछा।

तब तक परितोष आ चुका था।

"वह सब मैं तुम्हें बाद में समझा दूंगा ....कहते हुए नेहा से फोन ले लिया –

"ठीक है पम्मी जी, आप के काम के लिए कल से ही लगता हूँ।"

"और एक बात परितोष जी मेरी बात या मेरे बारे में अभी किसी को नहीं बताइएगा , मेरे घरवालों को भी नहीं। समय आने पर मैं ही बता दूंगी।" पम्मी ने अनुरोध करते हुए कहा।

"ठीक है ,मैं समझ सकता हूँ कि जब आप मना कर रही हैं तो जरूर किसी वजह से ही। इसलिए भरोसा रखिये, जब तक आप न चाहेंगी किसी को कुछ पता न चलेगा।"

इसके बाद दूसरे दिन से ही वह इस काम में लग गया था। अपने कुछ डिस्ट्रिब्यूटर दोस्तों को फंड रेज के लिए तैयार किया। आस- पास के रिहायशी इलाकों में किराए पर एक बड़े हॉल के साथ दो तीन कमरों

वाला घर देखना शुरू कर दिया। नेहा और उसे एक एकमंजिला घर जिसके सामने थोड़ी खुली जगह थी, पसंद आया। यह शहर के गांधीपथ, लालरपुरा के एक अच्छे लेकिन शांत इलाके में था।

बीच बीच में पम्मी उन्हें फोन कर अपडेट लेती रहती थी और आगे के कार्यों के बारे में बताती रहती।

शुरुआती सारे कदम उठा लिए गए थे – उद्देश्य ,बोर्ड ऑफ़ डायरेक्टर्स ,नामकरण ,रजिस्ट्रेशन सभी अभी प्रक्रिया में थे।रजिस्ट्रेशन के लिए कुछ जरूरी दस्तावेज जमा करने के लिए पम्मी का वहां रहना जरूरी था इसलिए वह आई थी।

"चलिए मैं रेडी हूँ ,ढाई तो यहीं बज गए ......नेहा की आवाज सुनते ही परितोष ख्यालों से बाहर आया।

"हाँ चलो , मैं तो तैयार था तुम्हीं ने देर लगाई है ...उठते हुए उसने कहा और कार की चाभी लेकर बाहर निकला।

नेहा शांत स्वभाव की थी इसलिए कुछ कहा नहीं ,उसके आरोप का जवाब मुस्कुरा कर देते हुए दरवाजा बंद कर ताला लगाने लगी।

पम्मी के घर तक जाने में इन्हें करीब 10 मिनट लगे। पम्मी बाहर खड़ी उनका इन्तजार ही कर रही थी। पम्मी ने नीले शिफौन की साड़ी पहन रखी थी जो उसकी पतली देहयष्टि से लिपटी उसकी सुन्दरता को बढ़ा रही थी।

जैसे ही गाडी रुकी और परितोष बाहर आया ,अनजाने में ही उसके ह्रदय की धडकनें तेज होने लगीं शायद कहीं दबा हुआ अहसास फिर से जाग उठा था या इतने दिनों बाद मिलने के कारण ऐसा हुआ वह कुछ समझ नहीं पा रही थी।

परितोष भी सामने उसके बदले रूप को देखकर हैरान था।कहाँ वह बिखरी अस्त-व्यस्त अपनी उम्र से ज्यादा बड़ी दिखने वाली पम्मी और यहाँ एक स्मार्ट एंड यंग पम्मी।अपने भावों में डूबे दोनों अवाक खड़े थे।तब तक नेहा गाड़ी से निकल कर सामने आ चुकी थी।

एकबारगी उसे भी आश्चर्य हुआ और बोल उठी –"क्या बात है पम्मी जी ,आप तो आठ महीने बाहर क्या गयी पूरी तरह से बदल गयी हैं। कहीं अलग से मिलती तो पहचान ही नहीं पाती। क्यों जी ,मैं सही कह रही हूँ

न ?" उसने परितोष से पूछा |

"हाँ एकदम सही कह रही हो |" हडबडाकर परितोष ने कहा लेकिन निगाहें मुग्ध भाव से पम्मी को देख रही थीं |

हमेशा इन्हीं निगाहों के सामने तो पम्मी का मन अवश होने लगता था और अभी भी वही अवस्था थी | धडकनों की तीव्रता से लग रहा था जैसे हृदय ही बाहर निकलकर आ जाएगा |वो तो गनीमत थी कि उसने काला चश्मा पहन रखा था इसलिए उसकी आँखों में आते- जाते रंग उन्हें नहीं दिखे |

किसी तरह अपने को संभालते हुए जवाब दिया- नमस्ते परितोष जी... नमस्ते नेहा भाभी | भाभी, इतना तो मैं नहीं बदली हूँ कि कोई पहचान ही न पाए | बस थोड़ा ठीक से रहने लगी हूँ क्योंकि जिस काम को करने निकली हूँ वहां प्रभाव भी तो अच्छा पड़ना चाहिए |अच्छा, ये तो बताइए ये बदलाव आपको ठीक लगा न "...कहते हुए उसने कनखियों से परितोष की ओर देखा |

"भाई ,हमें तो बड़ी ख़ुशी हुई| अब आपको ऐसे देखकर लगता है जैसे आप जीवन से भरपूर हैं ...क्यों जी आप भी कुछ बोलिए न "...कहते हुए नेहा ने परितोष से पूछा |

"मैं तुम दोनों महिलाओं के बीच क्या बोलूँ लेकिन परिवर्तन हमेशा ही आकर्षक और मन को सुकून देने वाला होता है ....चलो सबलोग गाड़ी में बैठो ...देर हो रही है" ..कहते हुए वह गाड़ी में बैठ उसे स्टार्ट करने लगा|

दीनदयालजी से मिलने वे जिस पते पर पहुंचे थे वह साड़ियों का एक बड़ा सा शोरूम था | गाड़ी पार्क करते हुए परितोष ने पम्मी से पूछा –

"पम्मी जी आपने सही पता ही बताया है न क्योंकि इस शोरूम और हमारे काम में जमीन आसमान का फर्क है |"

"हाँ, पता तो यही है पर मुझे भी कुछ गड़बड़ लग रही है | मुझे तो 'अरिहंत सेवाश्रम ' के बारे में बताया गया था | साड़ी के शोरूम में हमारा क्या काम ?" पम्मी भी दुविधा में थी |

"कोई बात नहीं यहाँ तक आ ही गए हैं तो एक बार घुसकर दीनदयाल जी के बारे में पूछ ही लेते हैं | हो सकता है वे यहाँ काम करते हों या इस शो रूम के मालिक ही हों ".....नेहा ने उन्हें दुविधा से उबारते हुए कहा |

और सच में जब इन्होंने अन्दर जाकर उनके बारे में पूछा तो वे शोरूम के मालिक ही निकले | वे बड़ी बेसब्री से इन्हीं का इन्तजार कर रहे थे |

दीनदयाल जी ने बड़ी आत्मीयता से उन्हें बिठाया और अपने एक कर्मचारी को सबके लिए चाय और नाश्ते का इंतजाम करने को कहा |

"हाँ, तो बताइये पम्मीजी यहाँ तक आने में कोई तकलीफ तो नहीं हुई |आप तो पंचवटी में रहती हैं न |आपके बारे में तो सिद्देश्वरी जी ने आपकी तस्वीर सहित कार्यों की सारी जानकारी फोन पर भेज दी थी | इसलिए मैं आपको पहचान गया पर आपके साथ आये इन लोगों का आप परिचय देंगी तो तभी इन्हें जान पाऊँगा |"

"अवश्य, ये हैं मिस्टर परितोष दीक्षित , ये एक बड़ी दवा कम्पनी के डीलर हैं | सामाजिक कार्यों में रूचि रखते हैं और हमारे साथ काम करेंगे | साथ में इनकी पत्नी हैं श्रीमती नेहा दीक्षित , होम मेकर हैं और हम मिलकर काम करेंगे |"

"नमस्ते जी, आप सबसे मिलकर बड़ा ही अच्छा लगा |" दीनदयाल जी ने हाथ जोड़कर स्वागत किया |

"नमस्ते हमें भी बड़ी ख़ुशी हुई |" नेहा और परितोष ने भी प्रत्युत्तर में हाथ जोड़े |

"हाँ तो पम्मीजी, वैसे तो सिद्धेश्वरी जी ने आपकी योजनाओं के बारे में संक्षेप में बता दिया है फिर भी मैं आपसे सुनना चाहता हूँ विस्तार से | मैं 'अरिहंत सेवाश्रम 'का प्रेसिडेंट हूँ |आपकी योजनाओं के बारे में विस्तार से जानने के बाद ही मुझसे और मेरी संस्था से कैसे सहयोग की आपको आवश्यकता होगी, ये हम निश्चय कर सकेंगे | चलिए बताइए |"

पम्मी और परितोष दोनों ने अपनी-अपनी फाइलें निकाली | पम्मी ने एक-एक कर उन्हें बताना शुरू किया कि उसकी संस्था किस उद्देश्य को लेकर चलेगी | संस्था के ट्रस्टी कौन होंगे और रजिस्ट्रेशन के लिए ऑनलाइन आवेदन किया जा चुका है आदि-आदि | फिर उसने आगे के कार्यों के बारे में परितोष को बताने के लिए कहा |

परितोष ने अभी तक की प्रगति केबारे में बताया –

"सर मैंने फंडिंग के लिए डोनर्स ढूँढ़ लिए हैं ,एक मकान किराए का देख लिया है और एडवांस भी दे दिया है |थोड़ा फंड आ चुका है इसलिए

कुछ दिनों बाद जरूरत के अनुसार सब सामान भी ले लेंगे | संस्था के काम के लिए कर्मचारियों के चयन का काम भी लगभग हो गया है | अब आप बताइए कि आगे और क्या करना है ?"

"जैसा कि पम्मी जी ने बताया कि आपकी संस्था हाल में आई महामारी कोरोना में अनाथ हुए बच्चों को आश्रय देगी ...तो क्या बच्चे आपको मिले ?"

"हाँ ,जयपुर और उसके आस-पास के गाँवों में जाकर हमने दस ऐसे बच्चों को ढूँढ़ निकाला है जिन्हें वास्तव में ऐसे आश्रय की जरुरत थी | इस तलाश के क्रम में हमारी जयपुर में ही कुछ ऐसी महिलाओं और पुरुषों से बातचीत हुई जो अपने परिवार में अकेले रह गए हैं |वे रोज आकर बच्चों की देखभाल और उनके लिए खाना बनाने के लिए तैयार हो गए |" परितोष ने सबको जानकारी दी

"ये तो बड़ी अच्छी बात है ...इसे शुभ संकेत ही समझिये |" दीनदयाल जी ने खुश होकर कहा |

".....और आपको यह जानकर आश्चर्य होगा कि संस्था से जुड़ने का प्रस्ताव उनके द्वारा ही रखा गया था और वह भी अवैतनिक काम करने का | मैंने वेतन के रूप में कुछ पेशकश भी की थी लेकिन उन सब ने यह कहकर मना कर दिया कि अपने जीने लायक उनके पास पर्याप्त है |परिवार में कोई है नहीं तो वेतन किसके लिए ?" परितोष ने जैसे रहस्योद्घाटन करते हुए कहा |

"यह तो और अच्छा हुआ | आप इस सोच से निश्चिन्त रहिये कि बच्चों की देखभाल का क्या तरीका होगा या उनको किस प्रकार रखना चाहिए क्योंकि मैं शुरू में अपनी संस्था से दो-तीन लोगों को आपके लोगों को ट्रेनिंग देने भेज दूंगा |"

"बहुत-बहुत धन्यवाद दीनदयालजी ,आपकी बातों से हमारा काम करने का हौसला बढ़ गया है |" पम्मी ने हाथ जोड़ते हुए कहा |

"आप के लिए मैं इतना तो कर ही सकता हूँ ...आखिर आप सिद्धेश्वरी जी की करीबी हैं |उनका बहुत सम्मान हमलोग करते हैं |"

"तब आज की हमारी मीटिंग समाप्त समझी जाए |" पम्मी ने कहा |

"ठीक है, आज चार जुलाई है हम एक सप्ताह बाद मिलते हैं ग्यारह को। मीटिंग का समय और जगह मैं बता दूंगा। और फिर बीच-बीच में फोन पर तो बातचीत होती ही रहेगी। क्यों यह सही रहेगा न ?" दीनदयालजी ने उठते हुए कहा।

"एकदम सही रहेगा" –परितोष ने कहा और सब उठ खड़े हुए।

14

कार्य प्रगति पर है (1)

आज जुलाई की तेरह तारीख हो चुकी है। पम्मी के मन की बेचैनी बढती जा रही है। उसके एन.जी.ओ.का अभी भी काफी काम बचा हुआ था। ग्यारह की मीटिंग में तो लगभग सभी चीजें तय हो चुकी थीं।

मकान के रंग रोगन का काम चल रहा था। रंगयोजन के कार्य में नेहा, परितोष के साथ पम्मी भी काफी सावधानी बरत रही थी। सभी ऐसे रंग चाह रहे थे जो आँखों के साथ मन को भी सुकून देने वाले हों। काफी रिसर्च करना पड़ रहा था। उससे मैच करते आवश्यक बड़े सामान लिए जा चुके थे।

रात के नौ बज रहे थे। पम्मी अपने कमरे में बैठकर अपनी डायरी में अब तक के सारे हिसाब-किताब लिख रही थी तभी फोन बज उठा। पम्मी ने देखा यह तो रूचि का फोन था।उसने पेन का कैप लगाकर उसे डायरी के बीच रखकर डायरी बंद की और फोन उठाया।

"हैलो रूचि कैसी हो?"

""नमस्ते आंटी ,मैं तो एकदम ठीक हूँ आप बताइए कैसी हैं और आपका काम कैसा चल रहा है?"

"मैं ठीक हूँ और काम भी तेज गति से चल रहा है। सिद्धि दी ठीक ही कहती हैं अच्छे काम के लिए आगे बढ़ो तो रास्ता अपने आप मिलता जाता है। मैं जितना कठिन समझ कर नर्वस हो रही थी वैसा कुछ फेस नहीं करना पड़ा।"

"वाह आंटी ! आज तो आप नहीं आपका आत्मविश्वास बोल रहा है। देखिएगा यह कम न होने पाए।"

"नहीं..नहीं जिसके साथ तुम और सिद्धि दी जैसों का साथ हो तो वैसा असंभव है। हाँ, तो अब अपने सहयोग के लिए तैयार रहो।"

"दरअसल मैंने फोन यही जानने के लिए किया था कि कब आपका यहाँ आना हो रहा है ?"

"हमलोग यानी मैं ,परितोष जी और नेहा भाभी 15 तारीख को सुबह छः बजे निकलेंगे तो ग्यारह बजे तक पहुंच जाएंगे। खाना तैयार रखना।" पम्मी ने हँसते हुए कहा

"अरे, ये भी कोई बताने वाली बात है। आप आये तो सही। अच्छा फोन रखती हूँ आंटी ....बाय।" कहते ही फोन कट गया।

"ये लड़की भी न अपनी ही धुन में रहती है" फोन काटने पर पम्मी ने मन ही मन कहा और फोन रख दिया। फिर से अपनी डायरी खोली ही थी कि दरवाजे की घंटी बज उठी।

इस समय कौन आया होगा ...परितोष और नेहा भाभी से तो मिलकर आ रही हूँ ....जरूर मम्मी होंगी .....काम की वजह से दो दिनों से मिल नहीं पाई ...सोचते हुए उसने दरवाजा खोला।

"अरे मम्मी तुम ...मुझे तो लगा ही था कि तुम ही होगी.....सॉरी मम्मी समय ही नहीं मिला इसलिए नहीं आ पाई।"

"अरे क्या काम है ?और कितना काम है जो माँ से मिलने की फुर्सत नहीं। एक तो इतने दिन बाद आई है। पता है न कैसे गुजारे हैं मैंने वे दिन।अब आई है तो मिलने की फुर्सत नहीं। कुछ बताती भी तो नहीं कि क्या कर रही है ?"

"अरे मम्मी सॉरी तो बोल रही हूँ ...लो देखो अब कान भी पकड़ लिया।आगे से ऐसी गलती नहीं होगी।" पम्मी ने अपने दोनों कानों को पकड़ते हुए कहा।

"अच्छा छोड़, बातें बनाना तो खूब सीख गयी है ......खाना खा लिया क्या ?"

"नहीं मम्मी, अभी खाने ही जा रही थी .....लेकिन ऐसा क्यों पूछ रही हो?.....तभी उसका ध्यान कामिनीजी के हाथ में छोटे से थैले पर पड़ी।

"अच्छा इस थैले में कुछ लेकर आई हो ...जरा मैं देखूँ तो ...कहते हुए थैला लगभग छीन ही लिया और उसमें रखे टिफिन डब्बे को निकलने लगी। वाह ! गट्टे की सब्जी ...क्या खुशबू है ...खुशबू से पहचान लिया कि ये तुमने बनाया है ..मम्मी सही कहा न।" पम्मी ने टिफिन खोलकर देखा और कहा।

"तुझे पसंद है न इसीलिए बनाया.... हमसब का तो डिनर तो हो गया है। चल रात ज्यादा हो चुकी है निकलती हूँ ...अच्छे से खा लेना।"

फिर पम्मी के सर पर हाथ फेरते हुए कहा –

"इतना काम न कर मेरे बच्चे कि माँ से मिलना ही याद न रहे।"

"कहा न मम्मी अब ऐसा नहीं होगा ...फिर से कान पकड़ूँ क्या ?" पम्मी ने शरारत से कहा।

"उसकी कोई जरूरत नहीं ..बस ध्यान रखना ही काफी है।" कहती हुई कामिनी जी वहां से निकल गयीं।

उनके जाने के बाद पम्मी को ख्याल आया कि उसे परितोष को फोन करना है।

"हैलो ,मैं पम्मी बोल रही हूँ। परितोष जी आपको याद है न पंद्रह को हमें सुबह दिल्ली के लिए निकलना है।"

"हां पम्मीजी, मुझे अच्छी तरह याद है। मैंने गाड़ी बुक कर दी है वह पंद्रह को सुबह 6 बजे हमें लेने आ जाएगी।"

"अच्छा गाड़ी बुक की है ..पहले तो आपने कहा था अपनी गाड़ी लेकर चलेंगे ..क्या हुआ ?"

"हाँ, गाड़ी तो लेकर चलता लेकिन उसी दिन वापस लौटना है इसीलिए स्ट्रेस जरा ज्यादा हो जाएगा, फिर इतनी लम्बी ड्राइव करने का मुझे अनुभव भी नहीं है। इसलिए गाड़ी ही बुला ली।"

"ठीक किया ...मैंने तो आपको पहले ही बोला था, आप ही नहीं मान रहे थे। चलिए, फोन रखती हूँ ..गुड नाइट।"

"गुड नाइट।"

बारिश का मौसम था। वर्षा ऋतु की गर्मी हमेशा अपने साथ बदली लेकर आती है। अभी सुबह के नौ ही बजे थे। उमस कुछ ज्यादा ही थी। आज पम्मी को परितोष और नेहा के साथ मिलकर अपनी संस्था के लिए

जरुरी सामान की लिस्ट बनानी थी | इसके लिए उस मकान में जाकर भी देखना था कि किन-किन चीजों की आवश्यकता है | जल्दी से तैयार होकर उसने गाड़ी निकाली क्योंकि काम ज्यादा था |

उसके पहुँचने के साथ परितोष और नेहा भी पहुँच चुके थे | सबने मिलकर लिस्ट बनानी शुरू कर दी| लिस्ट बन जाने के बाद इनलोगों ने एक बार पूरे मकान के रंगयोजन और सामान की सेटिंग का जायजा लिया |

हॉल में एकदम हल्का नीला रंग मन को शान्ति पहुंचानेवाला था | तीनों कमरों में हलके पीले रंग लगाए गए थे | कमरे बड़े थे इसलिए प्रत्येक कमरे में तीन बेड और प्रत्येक बेड के साथ एक-एक स्टडी टेबल लगा था | कमरे में किनारे में एक अलमारी रखी थी जिसमें तीन रैक बने थे | अभी तक इतनी ही व्यवस्था हुई थी | बाकी सामान दिल्ली से लाना था | वे मुआइना करके बाहर निकले तो देखा आकाश मेघाछ्न्न हो चुका था | बारिश के आसार लग रहे थे |

"सुनिए जी, जल्दी निकलते हैं नहीं तो बारिश में गाड़ी चलाने में दिक्कत होगी | आप भी जल्दी कीजिये पम्मी जी|" नेहा ने कहा |

"हाँ भाभी, जल्दी चलिए आपका घर तो ज्यादा दूर नहीं है पर मुझे तो दूर जाना है | पम्मी अपनी गाड़ी की तरफ बढ़ते हुए बोली |

दोनों गाड़ियों के निकलते ही गरज के साथ छींटे पड़ने लगे | परितोष के घर तक पहुँचते -पहुँचते ऐसी मूसलाधार बारिश बादलों की गर्जन और बिजली की कडक के साथ होने लगी कि गाड़ी चलाना मुश्किल था |इसलिए पम्मी को परितोष के यहाँ रुकना पड़ा | किसी तरह बचते बचाते ये तीनों गेट से घर तक पहुंचे | बारिश की रफ़्तार और साथ में तेज हवा इतनी कि छतरी भी इन्हें बचा न सकी | वे लगभग भींग ही गए |

नेहा ने दरवाजे का ताला खोलकर कहा – "आपलोग बैठिये, मैं तौलिया लेकर आती हूँ |"

नेहा बाहर तौलिया लेकर आई तब तक परितोष और नेहा अपनी भींगी चप्पलें उतार कर अन्दर आ चुके थे |

"माफ़ कीजिएगा, पम्मी जी बस मैं दो मिनट में चेंज करके आता हूँ ...परितोष अन्दर चेंज करने चला गया |

"पम्मी जी, आप अपने को तौलिये से पोंछिए तब तक मैं अदरक वाली चाय बना कर ले आती हूँ ...नेहा ने कहा |

"हाँ भाभी, अभी उसकी तो सख्त तलब महसूस हो रही है |"

"हाँ नेहा ,वो अदरक की मसालेदार चाय बनाना ,इस मौसम में अच्छी लगेगी |" पम्मी की बात कमरे में आते हुए परितोष ने सुन ली थी |

"वही वाली तो बनाने जा रही हूँ ...कहती हुई नेहा मुस्कुराते हुए चाय बनाने अन्दर चली गयी|

अबतक पम्मी ने तौलिये से अपने को सुखा लिया था और उसे बगल में रखकर आराम से बैठ गयी थी |

"तब पम्मीजी, कल का सारा प्रोग्राम तो सेट है न |" परितोष ने बात शुरू की |

"जी हाँ ,सुबह छः बजे तक निकलेंगे तो रास्ते में नाश्ते के लिए रुकने का समय लेकर चलते हैं तो लगभग 11 बजे तक दिल्ली पहुंचेगे | गुडगाँव वहां से काफी दूर है इसलिए रूचि को जहां हमारा काम है वहीँ बुला लिया है | खरीदारी में दो-तीन घंटे तो लग ही जाएंगे | फिर वहां से रूचि के घर खाना खाने जाएंगे |कोशिश यही रहेगी कि चार-साढ़े चार बजे तक वहां से यहाँ के लिए निकल लें |

"ये लीजिए ,चाय और इस बरसाती मौसम की मांग गरमागरम पकौड़े | वैसे समय तो लंच का है लेकिन उसमें थोडा समय लग जाएगा तब तक इसी से पेट भरिये |" नेहा ने ट्रे रखते हुए कहा |

"भाभी, लंच बनाने की तकलीफ नहीं कीजिएगा ...पकौड़े ही काफी हैं और सचमुच यही तो मौसम की मांग है | लंच का न्योता देकर इनकी मांग कम मत कीजिए |"

"ठीक है जैसी आपकी मर्जी वैसे ज्यादा देर नहीं लगती |"

"अरे नेहा, इनकी बातों पर क्यों जाती हो... बनाओ आज हम सब लंच साथ करेंगे |"

"नहीं परितोष जी , आज नहीं फिर कभी ,कल की तैयारी भी करनी है| जैसे ही थोड़ी बारिश कम होगी मैं निकलूंगी ...वैसे अभी इनका तो मजा लेने दीजिए |" पम्मी ने चाय के कप के साथ एक पकौड़ी उठाते हुए कहा |

"चलिए, आज आपकी बात मान लेता हूँ लेकिन अगली बार नहीं चलेगा।"

तभी नेहा कह उठी –

"पम्मी जी, हमारा इनविटेशन कार्ड तो आ चुका है न ...उन्हें किन्हें बांटना है यह तय हो गया है क्या?"

"अरे भाभी, हम आपको बताना भूल गए। यह काम तो हमारे दीनदयालजी ने ही स्वयं अपनी इच्छा से कर दिया है। अनुभवी आदमी है इसलिए हमने मना नहीं किया। आधे कार्ड बँट चुके हैं आधे बाकी हैं। मैंने अपने हिस्से का बाँट दिया है... परितोष जी आपकी गाड़ी कहाँ तक पहुंची है?"

"मैंने भी अपने दोस्तों और जान-पहचान वालों में बाँट दिया है बस दो-चार लोग ही बचे है।" परितोष ने अपनी स्थिति स्पष्ट की।

"अरे, लगता है बारिश रुक गयी है ,देर भी हो रही है, मैं निकलती हूँ।" कहती हुई पम्मी बाहर निकल आई। दोनों पति पत्नी उसे गेट तक छोड़ने आए।

घर पहुंचते ही उसे याद आया कि कल दिल्ली जाने की बात तो मम्मी और भैया भाभी को बताया ही नहीं है। गाड़ी पार्क कर वह सीधे मम्मी, के पास पहुँच गयी देखा सबलोग लंच कर रहे थे।

उसे देखते ही विजय ने कहा – "कहाँ रहती है तू? दो दिनों से दिखाई भी नहीं पड़ रही है। खैर, वो सब छोड़ बड़े अच्छे समय पर आई है तू ....रमा इसकी प्लेट लगाना ये हमारे साथ ही लंच करेगी।"

"बिना खाए तो आप जाने देंगे नहीं सो भाभी, उठिए नहीं, मैं खुद प्लेट लगा लेती हूँ।"

उसने एक प्लेट लेकर उसमें थोडा चावल और राजमा निकालते हुए कहा – "भैया मैं आपको यह बताने आई थी कि कल मैं किसी काम से दिल्ली जा रही हूँ। वहीँ अभि और सुपर्णा से भी मिल लूंगी। खाने के बाद मुझे उनका फोन नंबर और पता दे दीजियेगा।"

"अच्छा! तू दिल्ली जा रही है। मैं अभि को बता देता हूँ कि तू उसके पास आ रही है।" विजय ने खुश होते हुए कहा।

"भैया...भैया.... मैंने पहले भी कहा था न कि उसे सरप्राइज़ देना है और यह बुआ- भतीजे का मामला है| इसमें आप बीच में मत पड़िए |" थोड़ी नाराजगी दिखाते हुए पम्मी ने कहा |

"अच्छा लौटना कब तक है ? एक दो दिन तो रुकेगी न |" कामिनी जी ने पूछा |

"नहीं मम्मी, सुबह छः बजे निकलूँगी और रात तक लौट आऊंगी | यहाँ जो काम मैं कर रही हूँ उसे भी तो समेटना है |"

"समेटना है मतलब फिर से तू चली जाएगी ...इस बार पम्मी तू गलत कर रही है ...अब तुझे नहीं जाने दूंगा |"

"अभी तो नहीं जा रही हूँ बाबा ...लेकिन आगे का कुछ कह नहीं सकती |"

"चल ठीक है ,आगे की आगे देखेंगे |"

सब का भोजन समाप्त हो चुका था | विजय ने पम्मी को अभि का फोन नंबर और पता एक कागज़ में लिखकर दे दिया|

"अच्छा मम्मी मैं निकलती हूँ......कल के लिए कुछ तैयारी भी करनी है ...बाय" ...कहती हुई पम्मी किसी के उत्तर की प्रतीक्षा किये बिना बाहर निकल गई |

दूसरे दिन सुबह की ठंडी हवा के कारण पम्मी के छोटे- छोटे बाल बेसंभार हुए जा रहे थे, इसलिए उसने कार का शीशा चढ़ा लिया | साथ बैठी नेहा ने आँखें बंद कर रखी थी |परितोष आगे बैठा सामने देख रहा था | इनकी गाड़ी जयपुर- दिल्ली हाईवे पर 90 की रफ़्तार में दौड़ रही थी | लगभग साढ़े ग्यारह बजे तक ये दिल्ली पहुंचे |

बताई हुई जगह पर रूचि पहले से ही थी | पम्मी को देखते ही वह बोल पड़ी – "वाह आंटी, क्या बात है बड़ी खिल रही हैं ...बहुत अच्छा लग रहा है आपको देखकर |"

"अच्छा ज्यादा बातें न बना बोल कैसी है तू ? गोलू कैसा है ?ले के क्यों नहीं आई ?"

"वो सब बाद में बताऊँगी , पहले आप अपने साथ के लोगों से परिचय तो करवा दें |"

"अरे, मैं बातों में भूल ही गयी ...ये है मिस्टर परितोष दीक्षित | ये एक बड़ी दवा कम्पनी के डीलर हैं और हमारे एन.जी.ओ.के बोर्ड ऑफ़ डायरेक्टर्स में से एक हैं | साथ में इनकी पत्नी हैं मिसेज नेहा दीक्षित हमारी संस्था की मैनेजर |"

दोनों तरफ से अभिवादन का आदान-प्रदान हुआ |रूचि उन्हें उस मॉल में ले गई जहां इन्हें चीजें लेनी थीं |लगभग दो घंटे से ज्यादा समय लग गया तब जाकर लिस्ट के 80% सामान की खरीदारी हो सकी|

रूचि के यहाँ भोजन करने के बाद सब थोड़ी देर के लिए सुस्ताने लगे |

"अभी हमें निकलने में एक घंटा है, मैं जरा एटीएम से पैसे निकालकर आती हूँ | रूचि, यहाँ पास में कोई एटीएम है क्या ? एक तो मैंने रास्ते में देखा था लेकिन लगता है वो दूर पड़ेगा |" पम्मी ने पूछा |

"हाँ, आंटी एक एस.बी आई का तो पास में ही है ....दस मिनट लगेंगे जाने में |"

"अरे पम्मीजी ,जब यहाँ से निकलेंगे तो रास्ते में रूककर ले लीजिएगा | अभी आराम कीजिए |"

"नहीं, परितोष जी बस दस मिनट में यह काम निबटा आती हूँ फिर एक ही बार आराम से बैठूँगी |"

पैसा निकालना तो एक बहाना था दरअसल पम्मी को अभि के यहाँ जाना था और वह उनसे अकेले ही मिलना चाहती थी | जो पता भैया ने दिया था उस तक पहुँचने में सिर्फ दस मिनट लगे |

दरवाजा बंद था ..उसने हिचकिचाते हुए कॉलबेल बजाई | दो मिनट बाद दरवाजा खुला | सामने एक बड़ी नाजुक सी सुन्दर लड़की आँखों में सवाल के साथ सामने खड़ी थी |

क्या बोले ..क्या परिचय दे समझ में नहीं आया इसलिए सीधे पूछ बैठी --- "अभि है?"

जबतक वह कुछ कहती अन्दर से अभि यह कहते हुए बाहर आया – "कौन है सुपर्णा ?"

पम्मी पर दृष्टि पड़ते ही वह ठिठक गया जबान तालू से चिपक गयी |इस दृश्य की कल्पना भी नहीं की थी | हठात ऐसा होने पर जैसे सुध-

बुध खो बैठा था |समझ में नहीं आया क्या करे ?"

"अरे बाहर ही खड़ा रखेगा कि अन्दर आने को भी कहेगा |"

"हाँ..हाँ अन्दर आइये न बुआ ....इतने दिनों बाद ...इस समय ...यहाँ ... अचानक कैसे? "अभि हडबडाकर बोल उठा|

अन्दर आते ही अभि को पम्मी ने भींच कर गले लगा लिया जैसे वर्षों बाद मिल रही हो |आँखें बंद, चेहरे पर एक ऐसे सुकून का भाव जैसे एक माँ को बेटे से मिलने पर होता है ,बंद आँखों के कोरो से निरंतर आंसुओं की धारा अभि के कन्धों को भिंगो रही थी| इतने दिनों बाद बुआ से मिलकर अभि भी अपने आंसुओं को रोक नहीं सका | दोनों बुआ भतीजे दो मिनट के लिए दीन-दुनिया से बेखबर अपने स्नेहाश्रु से एक दूसरे को नहलाते रहे |

"अरे, कोई मुझसे भी इन्हें मिलवाएगा या मैं भी रोने लगूँ |"

सुपर्णा की बात सुनते ही दोनों के चेहरों पर मुस्कुराहट आ गयी | अभि ने अलग होते उसका परिचय करवाया |

"सुपर्णा ,इनसे तुम शादी पर नहीं मिल सकी थी | इन्हें किसी काम से बाहर जाना पड़ा इसलिए शादी में नहीं रह पाई | ये हैं मेरी प्यारी पम्मी बुआ | पूरे आठ महीनों बाद मिल रहा हूँ |"

सुपर्णा ने आगे बढ़कर पम्मी के पैर छुए | पम्मी ने आशीर्वाद देते हुए अपने बैग से सोने की ईयरिंग निकालकर उसे दी जो आते समय ध्यान से बैग में उसने रख ली थी |`

"बेटे, तुम्हें पहली बार देख रही हूँ, इसलिए मुंह दिखाई तो बनती है और अभि तेरे लिए भी मैं ये चेन ले के आई हूँ ,ले जरा पहन के तो दिखा | .....रुक मैं ही पहना देती हूँ |"वह उठकर उसके गले में डालने लगी |

"बुआजी, आप दोनों बातें कीजिये तबतक मैं खाने का इंतजाम करती हूँ" – कहती हुई सुपर्णा अन्दर जाने लगी |

"नहीं, सुपर्णा मैं ने अभी कुछ देर पहले ही लंच लिया है ....इसलिए कुछ खा नहीं पाऊँगी | बेटा, बैठ न कुछ देर मेरे पास |"

"ऐसा कैसे हो सकता है ..पहली बार आई हैं बुआजी आप और बिना कुछ खाए जाएंगी ...नहीं , कुछ तो खाना पड़ेगा ....अभि बोल पडा ..सुपर्णा, खाना लगाओ हम साथ ही खाएंगे |"

"नहीं अभि, आज तो पेट में एकदम जगह नहीं है .....इतनी जिद कर रहे हो तो एक कप कॉफ़ी ले सकती हूँ |"

"ठीक है मैं अभी बनाकर लाती हूँ |"

अभि का इतने समय का बंद गिले शिकवों का पिटारा खुल चुका था | वह अपने एक-एक प्रश्न का जवाब लेने में व्यस्त हो गया और पम्मी यथासंभव उसको संतुष्ट करने की कोशिश कर रही थी | जबतक कॉफ़ी आई वे उसी में मग्न थे |

...अभि अब बस भी करो ..सिर्फ अपनी ही बातें तब से किये जा रहे हो ...अरे उनका भी तो हालचाल पूछो".. सुपर्णा कॉफ़ी की ट्रे टेबल पर रख चुकी थी |

"बुआ जी कॉफ़ी लीजिये ...इसकी तो बोलने की आदत है बुरा नहीं मानियेगा |"

"अरे, मैं क्यों बुरा मानने लगी ..क्या मैं नहीं जानती ..ये तो बचपन से ही ऐसा है ..एक बार किसी चीज के पीछे पड़ता है तो पूरा कर के ही दम लेता है |" पम्मी ने कॉफ़ी का सिप लेते हुए कहा |

"नहीं बुआ जी, आप ऐसे बोलकर मुझे बहला नहीं सकती हैं ....मुझे मेरे प्रश्नों के उत्तर चाहिए |"

"सारे उत्तर दूँगी ....पहले कॉफ़ी पी ...बड़ी अच्छी बनी है |"

"ठीक है, अभी तो मैं छोड़ देता हूँ लेकिन जवाब तो ले कर रहूँगा "...हथियार डालते हुए उसने कॉफ़ी का मग उठा लिया |

"तू चिंता मत कर ,तेरे सारे सवालों के जवाब हैं मेरे पास लेकिन अभी मुझे निकलना है इसलिए समय नहीं है ..मैं यहाँ तेरे पास एक काम से आई थी | मैं तो अभी जयपुर में ही हूँ ...आज पंद्रह जुलाई है...तू और सुपर्णा 23 जुलाई को जयपुर आ जा | उस दिन शनिवार भी है तेरी तो छुट्टी ही रहेगी | 24 को रहकर 25 की सुबह निकल जाना |"

"क्यों, कुछ ख़ास बात है बुआ जी ?" - सुपर्णा ने पूछ ही लिया |

" कुछ ऐसा ही समझ लो | ठीक है...देर हो रही है तो अब मैं चलती हूँ |जरूर आना और हाँ, अपने आने की बात मम्मी-पापा या दादी को अभी मत बताना | उन्हें भी तो सरप्राइज देना है |"

पम्मी को छोड़ने के लिए अभि और सुपर्णा गाड़ी तक आए |

पम्मी ने घड़ी देखी चार बजने ही वाले थे | जाते- जाते फिर से एकबार आने की बात याद दिलाना पम्मी नहीं भूली |

उस दिन सबको जयपुर पहुँचते -पहुँचते रात के दस बज गए थे लेकिन सबको संतोष था कि जिस काम से वे दिल्ली गए थे, करीब-करीब सब पूरा हो चुका था |

15

कार्य प्रगति पर है (2)

जब इंसान को कोई लक्ष्य मिल जाता है तो उस तक पहुँचने में आने वाली सारी बाधाओं और कठिनाइयों से वह घबराने की जगह उन्हें चुनौती मान उसका सामना करते हुए आगे बढ़ता है | अन्दर का उत्साह इसमें भी एक अलग आनंद और संतोष का अनुभव करता है |

अभी पम्मी को साँस लेने की भी फुर्सत नहीं थी | उसने दिन-रात एक कर रखा था | सब कुछ 23 तारीख तक ख़त्म कर लेना था और आज बीस तारीख हो चुकी थी | कल दिल्ली से बुक किया सामान भी आ चुका था और परितोष और नेहा की मदद से सारे सामान को व्यवस्थित भी किया जा चुका था | आज लौटते समय तीनों ने पूरे भवन का अन्दर से अच्छी तरह से जायजा लिया कि कहीं कुछ कमी तो नहीं रह गई |

"पम्मी जी, दो चीजों को छोड़कर सब कुछ अब रेडी है –एक तो एंट्रेस गेट के सामने वाली दीवार पर लगने वाली तस्वीर नहीं है और बाहर संस्था के नाम का बोर्ड नहीं है |"

"हाँ, बस कल तक दोनों ही लग जाएंगे मेरी उनसे बात हो चुकी है ....और यहाँ रहनेवाले बच्चे किस दिन पहुँच रहे हैं ?"

"वे 23 की दोपहर तक आ जाएंगे और दीनदयालजी उन्हें उद्घाटन तक अपनी संस्था में रखने को मान गए हैं | मैंने उनलोगों को भी 23 तारीख को आने की खबर कर दी है जो यहाँ बच्चों की देखभाल करेंगे , वे भी बच्चों के साथ दीनदयाल जी के यहाँ रहकर एक दूसरे के साथ घुल

मिल जाएंगे|"

"ये तो बड़ा अच्छा काम किया आपने परितोषजी ...और सारे निमंत्रण पत्र तो लगभग बंट ही चुके हैं | मुख्य अतिथि से मेरी बात हो गयी है वे समय पर आ जाएंगी |"

"तब ठीक है ...हम सब निकलते हैं ...चलो नेहा गाडी में बैठो |"

"हाँ आती हूँ .....एक मिनट ...पम्मीजी क्या सजावट के लिए फूलों का ऑर्डर पड़ चुका है ?"

"अरे, आपने ठीक याद दिलाया ये तो हमारे दिमाग से ही निकल गया था ....परितोष जी ये डिपार्टमेंट तो आप ही संभालिये |"

"ठीक है आज ही ऑर्डर प्लेस कर देता हूँ |"

घर पहुंचकर पम्मी को ध्यान आया कि होर्डिंग्स और नाम के बोर्ड तो कल आ ही जाएंगे पर फोटो के लिए एक बार रिमाइंडर देना पड़ेगा | उसने कंधे का बैग टेबल पर रखा और सोफे पर बैठकर फोन पर नंबर मिलाने लगी |

"हैलो, नमस्ते सिद्धि दी ,कैसी हैं ?"

"अरे पम्मी, अभी मैं तुझे ही याद कर रही थी ... बता तेरा काम कहाँ तक पहुंचा ? अब तो चार दिनों में उद्घाटन का कार्यक्रम भी है |"

"हाँ दी, काम तो लगभग ख़त्म ही समझिये बस पूछना यह था कि जो फोटो मैंने श्वेता को बनाने को दिया था क्या उसने आपको बनाकर दे दिया है ?"

"नहीं, दिया तो नहीं है पर तू चिंता मत कर.... मैं उससे अपडेट लेती हूँ और किसी भी हालत में मैं फोटो अपने साथ लेती आऊंगी |"

"वो तो मैं जानती हूँ लेकिन श्वेता को भी तो बता देना चाहिए |"

"अरे, मैं कह रही हूँ न ,तू टेंशन मत ले उधर के सारे काम रेडी कर ले, इधर का मैं सब ठीक कर लूंगी | अच्छा चल अब फोन रख | मैं श्वेता को फोन करती हूँ |"

"ठीक है दी |" पम्मी ने फोन काट दिया |

उसे श्वेता पहली बार पुणे रेलवे स्टेशन के वेटिंग रूम में मिली थी | उस दौरान तो सिर्फ औपचारिक जान–पहचान ही हुई थी और वह इतना ही जान पाई थी कि वह फाइन- आर्ट्स की विद्यार्थी है | दूसरी बार उससे

भेंट नासिक में बाजार में हुई जब वह महिला समिति के किसी काम से सिद्धि दी के साथ वहां आई हुई थी | उसी ने उसे देख कर दूर से ही आवाज लगाईं थी –

"आंटी ....आंटी.."

उसने मुड़कर देखा तब तक वह सामने आ चुकी थी |

"आंटी, पहचाना.. मैं श्वेता आपको पुणे रेलवे स्टेशन पर मिली थी |"

"हाँ, पहचान तो लिया पर तुम यहाँ क्या कर रही हो ?"

"वही जो आप कर रही हैं ....आज शनिवार है न ..छुट्टी का दिन.. सो खरीदारी करने निकली हूँ |" श्वेता ने बिंदास स्वर में कहा |

तभी पम्मी को अहसास हुआ कि साथ में सिद्धि दी चुपचाप खड़ी हैं-

"इनसे मिलो श्वेता, ये हैं मेरी बड़ी बहन सिद्धेश्वरी गुप्ता यहाँ के 'बाल विकास मंदिर' स्कूल की प्रिंसिपल और दी, ये है श्वेता, नासिक के फाइन आर्ट्स कॉलेज में पढ़ती है |"

"नमस्ते आंटी ,आपको यहाँ नासिक में कौन नहीं जानता ...मैंने भी आपका बड़ा नाम सुना है कितने सामाजिक कार्यों से आप जुड़ी हुई हैं... आज आपसे मिलना भी हो गया ..बड़ा अच्छा लग रहा है |"

"मुझे भी तुमसे मिलकर अच्छा लग रहा है, कभी घर पर आओ |"

"कभी क्या अगर आप कहेंगी तो मैं अभी ही आपके साथ चल सकती हूँ... आज मैं एकदम फ्री हूँ ...अरे मैं तो मजाक कर रही थी .... आपको तो हजार काम होंगे मैं आपके साथ आकर क्या करूंगी ..फिर किसी दिन फुर्सत से आती हूँ |"

"नहीं तुम अभी भी हमारे साथ चल सकती हो | हमारा यहाँ का काम भी करीब -करीब ख़त्म ही समझो|"

"सच में ...."

"हाँ भई, मैं झूठ क्यों बोलूंगी ....पम्मी, ऐसा कर ये थैले पकड़ और तू श्वेता को लेकर गाड़ी तक जा, मैं बस एक दो काम निबटा कर तेरे पीछे आती हूँ ..."

"ठीक है दी, लेकिन जल्दी आइए....चलो श्वेता "– पम्मी ने थैले पकड़ते हुए कहा |

इस तरह श्वेता के साथ धीरे-धीरे उसकी अंतरंगता बढती गयी उसका आना जाना भी सप्ताह में एक दिन तो हो ही जाता | वह थी भी बड़ी हंसमुख और मिलनसार ..सबसे ऐसे घुल मिल गयी जैसे घर की ही बच्ची हो |

एक दिन बातों ही बातों में पम्मी की संस्था खोलने की बात उसके सामने आई तो उसने कहा –

“आंटी मुझे भी कोई काम दीजिए ,मैं भी आपके इस नेक काम में हाथ बंटाना चाहती हूँ |”

“तुम यहाँ रहकर क्या कर सकोगी ...तुम्हारी अपनी पढ़ाई भी तो है...”

“क्यों नहीं कर सकती हूँ वहां लगाने के लिए कोई पेंटिंग बनवानी हो तो बोलिए |”

“पेंटिंग से याद आया ,पम्मी तुझे अपने बेटे का बड़ा चित्र वहां लगाना है न , वही बनवा ले सुन्दर भी लगेगा ..” सिद्धि ने आइडिया देते हुए कहा |

“बात तो आप ठीक कह रही हैं लेकिन पेंटिंग की बात अलग है और किसी की तस्वीर बनाना अलग ...यह बड़ा कठिन है |”

“कठिन क्यों है ...आप तस्वीर तो दीजिए.. आपको निराश नहीं होना पड़ेगा |”

“तो तय रहा ..पम्मी इसे फोटो दे दे |”

और पम्मी ने जयपुर आने के एक सताह पहले उसे विशु की फोटो देते हुए कहा था – “देख लो तुम्हारे पास 20 दिन हैं, काम पूरा हो सकेगा न |”

श्वेता ने फोटो लेते हुए उसे पूरा भरोसा दिलाया था | पर आज 20 तारीख हो चुकी है | उसने अपने काम की प्रगति के बारे में अभी तक कोई खबर तक नहीं की है | उसके माथे पर चिंता की एक लकीर यह सोचकर उभर आई कि कहीं वह चित्र नहीं पूरा कर पाई तो क्या होगा ?

तभी फोन की घंटी बज उठी | पम्मी ने देखा सिद्धि दी का फोन था उसने झट से उठाया |

“हैलो सिद्धि दी ,क्या कहा श्वेता ने ?”

"मैं जानती थी कि तू चिंता में पडी होगी इसलिए उससे बात कर तुरत तुझे फोन कर रही हूँ | तेरा काम हो चुका है.... अब तो तेरे माथे पर की चिंता की लकीर मिट गयी होगी .... और हाँ, मेरे साथ श्वेता भी जयपुर आ रही है | हमलोग 23 तारीख को शाम छः बजे तक पहुँच जाएंगे |"

"यह तो बड़ी अच्छी बात है | सबके आने से अच्छा भी लगेगा |चलिए दी, आपने मेरी सारी चिंता दूर कर दी |"

अब पम्मी पूरी तरह से निश्चिन्त हो चुकी थी | नासिक से आने वाले सभी लोगों के ठहराने की जिम्मेवारी दीनदयालजी ने ली थी| रूचि और उसके माता-पिता तथा उसके पति को परितोष के यहाँ ठहराने की बात थी| वह कुणाल को भी सपरिवार आने का न्योता भेज चुकी थी | उसे लगा कि जिस विशु की स्मृति में वह इतना बड़ा काम करने जा रही है, वह कुणाल का भी तो बेटा था इसलिए उसका भी उस उद्‌घाटन समारोह में होना जरुरी है |

परितोष ने लोकल टी.वी चैनल और पत्रकारों को सूचना देने के साथ आमंत्रित भी किया था |अन्य सभी को तो पहले ही निमंत्रण पत्र दे दिया गया था |सारे कार्य सुनियोजित ढंग से किये गए थे |

बस इन सबकी खबर नहीं थी तो पम्मी की मम्मी और भैया- भाभी को | पम्मी ने अभी तक उन्हें कुछ नहीं बताया था |

23जुलाई की सुबह के दस बज रहे थे | आज पम्मी नाश्ते के बाद मम्मी के यहाँ चाय पीने के लिए चली आई थी | बहाना चाय का था पर उसे इन्तजार था अभि और सुपर्णा के आने का |

ठीक साढ़े दस बजे दरवाजे पर एक टैक्सी आ कर रुकी | हॉर्न की आवाज सुनकर सब बाहर निकले |

अभि और सुपर्णा को टैक्सी से उतरते देख सभी सरप्राइज हो गए थे और सबसे पीछे खड़ी पम्मी चुपचाप अपने में ही मुस्कुरा रही थी |

"अरे तुम दोनों ऐसे अचानक.... कोई फोन नहीं.. कोई खबर नहीं..कम से कम निकलने के पहले ही खबर कर देते |"

"पापा, ये मुझसे नहीं पम्मी बुआ से पूछिये |"

"क्यों पम्मी, तुझे पता था तो क्यों नहीं पहले बताया |"

"अरे भैया, बता देती तो ये अचानक वाली ख़ुशी जो सबके चेहरे पर दिख रही है वह कैसे देखने को मिलती |"

"अभी भी तेरे अन्दर का बचपना नहीं गया है | ठहर तुझे तो बाद में देखता हूँ ...फिलहाल अन्दर तो आओ सब लोग |"

"मैं भी अन्दर आऊँ न भैया कि मुझे इजाजत नहीं है" - पम्मी ने शरारत से पूछा |

"अब एक चपत लगाऊँगा ऐसे तो बिना रोक टोक के कभी भी आ जाती है और अभी इजाजत ले रही है और विजय ने सचमुच ही उसके सर पर प्यार से एक चपत लगाते हुए पकड़ कर अन्दर कर लिया |"

भाई-बहन की चुहलबाजी का मजा सभी लोग मुस्कुराते हुए ले रहे थे |

लगभग आधे घंटे तक सबके साथ रहने के बाद पम्मी वहां से निकली | अभि उसे बाहर तक छोड़ने आया तो उसने उसे चुपचाप अकेले शाम को अपने घर आने के लिए कहा|

रूचि और उसके परिवार से वह परितोष के यहाँ दोपहर में ही मिल आई थी | इसलिए शाम को अभि की पसंद का नाश्ता बनाकर वह उसका इन्तजार कर रही थी |

अभि ने आते-आते पूछ ही लिया – "बुआ, आपने मुझे अकेले क्यों बुलाया ,सुपर्णा भी आने की जिद कर रही थी | किसी तरह बहाने बनाकर निकला हूँ |"

"मुझे तुझसे ही जरुरी काम था इसलिए अकेले बुलाया सुपर्णा को फिर बुला लूंगी | पहले तू नाश्ता कर तेरी पसंद का हलवा और पनीर के पकौड़े बनाए हैं |"... और वह टेबल पर नाश्ते की प्लेट लगाने लगी|

"वाह ! बहुत दिनों के बाद इन्हें खाने का मौका मिला है और वो भी आपके हाथ का ..मजा ही आ गया|"

पम्मी को इतने दिनों बाद अपने लाडले भतीजे को कुछ बनाकर खिलाने का मौका मिला था |वह कुछ देर तक उसे तृप्त आँखों से निहारती रही फिर बोल पडी –

"इतने दिनों बाद बनाया है ठीक स्वाद है न ?"

"अरे बुआ, आपके हाथों में तो जादू है .....लग ही नहीं रहा है कि इतने दिनों बाद बनाया है| क्या स्वाद है मजा ही आ गया | हाँ, तो अब बताइए क्या काम था ?"

"देख मैंने तेरे घर में अभी तक किसी को नहीं बताया है कि मैं किस काम में लगी हूँ ?" कहते हुए पम्मी ने एक निमंत्रण पत्र उसकी ओर बढ़ा दिया |

अभि ने निमंत्रण पत्र को अच्छी तरह देखने के बाद कहा –

"यह तो किसी संस्था के उद्घाटन समारोह का निमंत्रण है | इसमें हमारा क्या काम ?"

"ध्यान से देखो ,इसमें किसका नाम है ?"

"हाँ ,किसी 'विशेष फाउंडेशन' का उद्घाटन है और कोई प्रमिला राठौड़ इसकी प्रेसिडेंट हैं ...एक मिनट .....अरे.... कहीं ये प्रमिला राठौड़ आप तो नहीं ?"

"सही पहचाना... ये मैं ही हूँ और 'विशेष फाउंडेशन' विशु के नाम पर है और इसी का उद्घाटन कल है |

"सच में बुआ, तब तो मैं जरुर आऊंगा |"

"तुझे आना ही नहीं है घर के सभी लोगों को बिना कुछ बताए वहां लेकर आना है |कर सकेगा न ?"

"क्यों नहीं बुआ, इसमें कौन सी बड़ी बात है लेकिन आपने उन्हें क्यों नहीं बताया ?"

"यह इसलिए कि मैं हमेशा उनकी आँखों में अपने लिए एक चिंता और दुःख की झलक देखती हूँ जो स्वाभाविक भी है लेकिन ये भाव हर बार मेरे कलेजे को छलनी करते हैं |इसलिए नहीं कि वे ऐसा क्यों सोचते हैं बल्कि इसलिए कि इस उम्र में भी मम्मी मेरे कारण सुखी नहीं है भैया भी रिटायरमेंट के बाद खुलकर जी नहीं पा रहे है | भाभी की आँखों में भी इस कारण कभी- कभी तनाव की झलक मिल ही जाती है |"

"तो इससे क्या? आप के बताने पर वे खुश तो हो लेते ,उनकी चिंताएं तो कम हो जातीं |"

"नहीं, वे खुश तो होते कि चलो इसे जीने का उद्देश्य मिल गया है पर मेरे कार्य की सफलता के प्रति संदेह के साथ उनकी हमदर्दी भी जुड़ जाती

और ये सब मुझे सहज भाव से आगे नहीं बढ़ने देते |अब जब सब काम सही तरीके से हो गया है तो कल अचानक जब वे मेरी कामयाबी देखेंगे तो उनकी ख़ुशी के साथ सुकून के भाव मुझे उस गिल्ट से मुक्त कर देंगे कि उनके दुःख का कारण मैं हूँ|"

"एक तरह से देखा जाए तो आपकी सोच भी अपनी जगह सही है |मैं उन्हें ले तो आऊंगा पर एक कठिनाई है कल तो विशु का जन्मदिन है| सब तैयार होकर कहीं निकलना पसंद करेंगे मुझे डाउट है |"

"मैं कुछ नहीं जानती उन्हें 'विशेष फाउंडेशन'तक लाने की जिम्मेदारी तेरी | और हाँ, मैंने सिम्मी दी और मनोज भाईसाहब को भी निमंत्रण दिया है |"

"अच्छा तो सिम्मी बुआ भी आ रही हैं | चलिए सबका मिलना हो जाएगा खासकर सुपर्णा सबको जान लेगी |"

"सिम्मी दी ने कहा है तो आने का पर पक्का नहीं है |छोटी तानी की बारहवीं की परीक्षा चल रही है न, इसलिए उसने कहा है कि आने का भरसक प्रयास करेगी |"

"देखिये....कब तक पहुँचती है ? कल तो प्रोग्राम ही है |" वह हलवा बड़े स्वाद लेकर खा रहा था |

इधर पम्मी उस दिन को याद कर रही थी जब वह जयपुर आने के पहले अपने किये की माफ़ी मांगने के लिए मुंबई सिम्मी दी के घर पहुँच गई थी | दी को बड़ा आश्चर्य हुआ था और हो भी क्यों न |जैसा व्यवहार उसने उनके साथ किया था वह माफ़ी के काबिल नहीं था |

लेकिन ये तो दी का बड़प्पन था कि उन्होंने उन बातों को दिल से नहीं लगाया था और यह कहकर जाने दिया कि उस समय वह अपने आपे में नहीं थी | उसका मन कुछ हल्का हो गया था और फिर खुले मन से उनसे अपनी सारी योजनाओं की चर्चा की थी | सुनकर वह काफी खुश हो गयी थी |

"बुआ ...बुआ कहाँ खो गयी हैं ....अब चाय मिलेगी क्या? नाश्ता तो मैंने सारा चट कर लिया है |"

"हाँ...हाँ अभी लाती हूँ..... हडबडाकर पम्मी ने कहा और किचन की ओर चली गयी | चाय पीते-पीते उसने अचानक पूछ लिया –

“अच्छा तेरे पास कुछ समय है तो मेरे साथ एक जगह चलेगा |तुझे मैं कुछ लोगों से मिलाना चाहती हूँ |”

“हाँ चलिए न बुआ |यहाँ मुझे क्या काम है खाली ही हूँ |इन फैक्ट उन लोगों से मिलकर मुझे अच्छा ही लगेगा जिन्होंने मेरी बुआ का कायाकल्प ही कर दिया है |”

“ठीक है, तो ये ले चाभी ,मेरी गाडी निकाल, तब तक मैं तैयार होकर आती हूँ |”

पांच मिनट में जब पम्मी तैयार होकर निकली तबतक अभि गाडी निकालकर ड्राइविंग सीट पर बैठा फोन पर किसी से बात कर रहा था |

कार का दरवाजा खोलते हुए पम्मी ने यूं ही पूछ लिया –

“घर में बता दिया है न कि लौटने में थोड़ी देर हो जाएगी |”

“हाँ, अभी फोन पर सुपर्णा से यही कह रहा था | तो बताइए, कहाँ चलना है ?कार स्टार्ट करते हुए अभि ने कहा |

“एयरपोर्ट चलो | अभी छः बज रहे हैं उनकी फ्लाईट आ गयी होगी |उनके निकलने तक हम पहुँच जाएंगे|”

एयरपोर्ट पर दीनदयालजी पहले से ही स्वागत के लिए अपने दो कर्मचारियों के साथ फूलों का गुलदस्ता लिए मौजूद थे | पम्मी के पहुँचने के पांच मिनट बाद ही सिद्धेश्वरी जी और श्वेता बाहर निकलते दिखे और उनके पीछे ईशान और रधिया आते दिखाई दिए |

दीनदयाल जी ने फूलों के गुलदस्ता देकर उनका स्वागत किया |

“तब दीनदयालजी कैसे हैं ? यहाँ का काम कैसा चल रहा है ? इस बार बहुत दिनों बाद मिलना हो रहा है |”

“जी मैडम ,आपकी कृपा से सब ठीक है और काम भी अच्छा चल रहा है | आप कैसी हैं ?”

“मैं तो एकदम ठीक हूँ लेकिन यहाँ के इस नए कार्य को आपके मार्गदर्शन की बहुत जरुरत पड़ेगी सो पीछे मत हटियेगा |”

“कैसी बात करती हैं मैडम, ये भी कोई बतानेवाली बात है क्या ?” दीनदयाल जी ने हाथ जोड़ते हुए कहा|

“नमस्ते सिद्धि दी. यात्रा में कोई दिक्कत तो नहीं हुई ?” पम्मी ने आगे बढ़कर कहा |

"नमस्ते तो बाद में पम्मी पहले तू अपनी ये पेंटिंग पकड़ |कितना संभाल कर लाना पड़ा है.. श्वेता दे दे इसे |" सिद्धि ने श्वेता को कहा जिसने हाथ में उस बड़ी पेंटिंग को पकड़ रखा था |

"ठीक है न आंटी, मैं गाड़ी तक ले के चलती हूँ न | पम्मी आंटी, आप रहने दीजिए |"

"ऐसा कीजिए इसे आप मुझे दे दीजिए |" तभी अभि बोल उठा |

"अरे पम्मी , तेरे साथ ये हैंडसम यंग मैन कौन है भई..परिचय तो करा ...सिद्धि ने अभि की ओर देखकर मुस्कुराते हुए कहा |

"दी, ये मेरे भैया का बेटा है अभि ..इंजीनियरिंग कर गुडगाँव में एक मल्टीनेशनल कम्पनी में नौकरी करता है |"

"नमस्ते आंटी ,लाइए आपके सामान की ट्रॉली मैं ले चलता हूँ |"

अभि ने हाथ में पकड़ी पेंटिंग को ट्रॉली में रखके ट्रॉली पकड़ ली और साथ चलने लगा |उधर दीनदयालजी के दोनों कर्मचारी श्वेता,ईशान और रधिया को अपनी गाडी की तरफ ले के जाने लगे |

बातें करते-करते सबलोग अपनी गाडी तक पहुँच चुके थे | प्रोग्राम के अनुसार सिद्धि और उसके साथ के लोग दीनदयालजी के साथ गए और पम्मी ,अभि भी लौट गए |

लौटते समय वह अभि को लेकर 'विशेष फाउंडेशन' चली गयी | उसे देखते दरबान ने गेट खोल दिया |पम्मी अभि को लेकर अन्दर आई और पेंटिंग को उसके सही स्थान पर रखा | उसने उसे सारे कमरे दिखाए और सारी व्यवस्था के बारे में बताया |अभि प्रभावित हुए बिना न रह सका | दोनों को लौटते -लौटते आठ बज गए |

घर पहुंचकर पम्मी ने एक बार फिर से अपनी डायरी निकाली और कल के सारे कार्यक्रम के बारे में देख निश्चिन्त होकर खाना खाया और बिस्तर पर चली गयी क्योंकि कल उसे जल्दी उठकर सारे काम निबटाने थे |

लेकिन यह क्या नींद तो उसकी आँखों से कोसों दूर थी | सिर्फ कल के ही ख्याल नींद पर हावी हो रहे थे| कल का दिन उसके जीवन का टर्निंग प्वाइंट होने वाला था |

जिंदगी ने उससे सिर्फ छीना ही था इतना कि खुद का जीवन भी उसे बोझ लगने लगा था लेकिन आज उसे इस बात की आंतरिक ख़ुशी हो रही थी कि जिंदगी के तूफानों से उबरकर वह ऐसे लोगों के लिए काम करने जा रही है जो तूफान के मंझधार में फंसे हुए हैं और उन्हें मदद की जरुरत है।

पर मन में ख़ुशी के साथ एक बेचैनी और दिल में एक धक् धक् की आहट भी वह महसूस कर पा रही थी और आँखे नींद से बोझिल होने पर भी नींद से दूर थीं।

16

सफ़र और मंजिल

24 जुलाई की सुबह

अन्धकार सूरज के आगमन की आहट पाते ही तिरोहित हो गया था |आकाश में छाई गहरी लालिमा प्रथम रश्मि के संपर्क में आते ही हलकी पड़ने लगी थी | आज रविवार था इसलिए किसी को जल्दी नहीं उठना था | ये तो सूर्यदेव ही जो थे जिन्हें तड़के उठकर सबको जगाने की आदत थी , आज भी अपने काम से पीछे नहीं हटे थे |

परदे से छनकर आती धूप जैसे ही रमा के चेहरे पर पड़ी उसकी आँखें खुल गयीं |आदत के अनुसार डिजिटल दीवार घड़ी को देखा जिसमें टाइम और डेट दोनों पर एक साथ नजर चली गयी |

24 जुलाई की सुबह के आठ बज चुके थे |

वह हडबडा कर उठ बैठी—

“अरे आज 24जुलाई हो गयी.... आज तो विशु का जन्मदिन हुआ करता था | जब से वह गया है पम्मीजी तो सारे घर में मातम का ही माहौल कर देती हैं और मम्मीजी भी कुछ नहीं कहती हैं कि कहीं उसे बुरा न लग जाए | पता नहीं आज क्या होगा ?”

मम्मीजी तो टहलकर भी वापस आ गयी होंगी और चाय के इन्तजार में बैठी होंगी | सोचते -सोचते वह चाय बनाने के लिए उठ खड़ी हुई |

विजय की भी नींद खुल चुकी थी | उसे जगा देख रमा ने उसे ताकीद कर दी-

“सुनो आज 24 जुलाई है, विशु का जन्मदिन, सबसे सोच-समझ कर ही बात करना | पम्मीजी भी यहीं हैं, उन्हें कुछ बुरा न लग जाए |”

“ठीक है ,तुम्हें ज्यादा बताने की जरुरत नहीं है | वैसे याद दिलाने के लिए थैंक्स |”

रमा बिना कुछ कहे किचन की तरफ चली गयी क्योंकि सुबह से ही वह अपना मूड खराब नहीं करना चाहती थी | उसे पता था कि वैसे भी आज पूरे दिन उदासी ही छाई रहेगी |

किचन से खटपट की आवाज आ रही थी , देखा सुपर्णा चाय बनाकर कपों में डाल रही थी |

“ये क्या बेटा ! दो दिनों के लिए आई हो और सुबह – सुबह किचन में ...मैं तो आ ही रही थी |”

“कुछ नहीं मम्मीजी, थोडा पहले जग गयी थी और दादी को देखा सैर से लौट आईं हैं तो सोचा सबके लिए चाय बना लूँ |”

“पता नहीं, मेरी आँख जरा देर से खुली शायद सन्डे के चलते | चल मैं चाय ले के चलती हूँ जा तू अभि को जगा दे |”

“अभि तो कब से बैठे दादी से बातें कर रहे हैं | उन्होंने ही तो चाय बनाने के लिए कहा है | आप पापा को बुला लीजिए मैं चाय ड्राइंग रूम में ले के जाती हूँ ,वहीँ आ जाइए |”

रमा विजय को बुला लाई | सबने साथ बैठकर चाय पी | चाय पीने के बाद अभि बोल उठा –

“मैं कुछ कहना चाहता हूँ |अगर आपलोगों को सही लगे तो आज सन्डे है ...सबकी छुट्टी है नाश्ते के बाद सबलोग कहीं घूमने चलते हैं |”

“लेकिन आज कैसे जा सकते हैं? आज तो विशु का जन्मदिन है | पता है न पिछले साल तेरी बुआ ने कितनी खरी – खोटी सुनाई थी... अगर उन्हें पता चलेगा तो फिर से माहौल खराब होगा |”

“नहीं मम्मी, उनको पता ही नहीं चलने देंगे |वैसे दादी बता रही थीं कि सैर से लौटते समय देखा है कि उनके घर पर ताला लगा है | शायद सुबह-सुबह ही कहीं निकल गयी हैं |”

“ठीक है, लेकिन मुझे अभी भी सही नहीं लग रहा है | अगर कुछ होगा तो आप सब मिलकर संभाल लीजिएगा |”

"मम्मी, चलते हैं न बाहर थोडा घूमकर लंच कर वापस आ जाएंगे | कल सुबह तो हमलोग निकल ही जाएंगे | फिर बुआ को देखकर तो ऐसा नहीं लगता है कि कुछ बोलेंगी "– सुपर्णा ने भी आग्रह किया |

"हाँ रमा, चलो बाहर चलेंगे तो अच्छा भी लगेगा |"

अभि को सिम्मी बुआ का इन्तजार था पर वह अभी तक नहीं आई थी |

नाश्ते के बाद लगभग 10 बजे सब तैयार होकर निकले | अभि ने ड्राइविंग सीट खुद संभाल ली और पापा को आगे बैठने को कहा |

अभि ने कार जिस रास्ते पर बढ़ाई उसे देखकर विजय कुछ देर तो चुप रहे फिर पूछ ही बैठे –

"बेटा इस तरफ कौन सी घूमने की जगह है ?"

"पापा चलिए न आज मैं आपको एक नई जगह ले चलता हूँ | आप भी क्या याद करेंगे |"

लगभग 15 मिनटों में अभि ने जहां कार रोकी वहां बड़ी सजावट थी, मधुर शहनाई की तान सुनाई पड़ रही थी | सब कार से उतरकर चारों ओर देखने लगे |अभि दो मिनट में कार पार्क करके उनके पास आ गया|

"अभि , लगता है यहाँ कोई फंक्शन है... क्या हम इस को देखने के लिए आये हैं ?"

"हाँ सुपर्णा ! दादी, पापा और मम्मी आइये न सबलोग ..."

सबलोग गेट के पास पहुंचे | गेट फूलों से सजा हुआ था और ऊपर 'सुस्वागतम' लिखा हुआ था | गेट पर खड़े कुछ वोलंटियर्स ने उनका स्वागत किया और गुलाब के फूल के साथ एक- एक पत्रक दिया जिसमें कार्यक्रम की रूपरेखा थी | वहां से आगे बढे तो एक बड़ा सा बैनर लगा हुआ था जिसमें लिखा था –

" 'विशेष फाउन्डेशन' के उदघाटन समारोह में आपका हार्दिक स्वागत है "

"अच्छा तो यहाँ 'विशेष फाउन्डेशन' का उदघाटन समारोह है लेकिन हम क्यों यहाँ आए है जबकि हमारा किसी से परिचय नहीं है और न ही हमें निमंत्रण मिला है |"

"अरे पापा, निमंत्रण और परिचय की चिंता आप क्यों कर रहे हैं ? क्या आपको मुझ पर भरोसा नहीं है? मैं आपको इतना नासमझ लगता हूँ क्या ?आइए |"

"चलो भई, अब जो होगा सब अभि संभालेगा |"

"हाँ दादी, इसकी जिम्मेवारी मेरी |"

गेट से भवन के मुख्य दरवाजे तक रंग- बिरंगी पताकाएं लहरा रहीं थी | आगे बढ़ने पर वहां परितोष, नेहा और पम्मी उन्हें मिले तो लगा जैसे आठवाँ अजूबा देख लिया हो |

पम्मी ने नीले रंग की सिल्क की काली जरी बोर्डर वाली साड़ी पहन रखी थी जिस रंग को विशु के जाने के बाद देखना भी पसंद नहीं करती थी इसे देख रमा और कामिनी जी को हैरानी हो रही थी |

"अरे पम्मी ,तू यहाँ क्या कर रही है और नेहा ,परितोष तुम सब भी साथ में समारोह में शामिल होने आए हो क्या ?" विजय ने आश्चर्य से पूछा | पीछे अभि खड़ा उनकी हैरानगी पर मुस्करा रहा था |

"हाँ भैया ,आप अन्दर जाकर बैठिये हमलोग कुछ देर में आते हैं |"

पम्मी ने एक वोलंटियर को बुलाकर उन्हें अन्दर सामने वाली कुर्सियों पर बिठाने की हिदायत देते हुए हॉल ले जाने को कहा |

उनके जाते ही अभि ने कहा –" देखिये बुआ मैंने अपना वादा निभा दिया है |"

"हाँ, इसीलिए तो तू मुझे इतना प्यारा है ,मेरी कोई बात नहीं टालता है "--कहते हुए पम्मी ने उसके गाल पर प्यार भरी चपत लगाई |

"अच्छा, सिम्मी दी आई क्या ?"

"अभी तक तो नहीं बुआ |"

"लगता है मौका नहीं निकाल सकी ...चलो कोई बात नहीं ...फिर कभी सही |"

"फिर कभी सही कैसे... आज ही सही ....सिम्मी की खनकती आवाज ने सबको चौंका दिया |

"अरे, सिम्मी दी, अभी हम आपकी ही बात कर रहे थे ...सच में आपकी आयु बड़ी लम्बी है |"

"हाँ सिम्मी बुआ, पम्मी बुआ ठीक कह रही हैं"-- अभि ने सिम्मी के पैरों पर झुकते हुए कहा |

"खुश रहो.....बात दरअसल यह है कि मेरी फ्लाईट तो सही समय पर थी लेकिन यहाँ ट्रैफिक में फंस गयी ....खैर मैंने ज्यादा कुछ मिस तो नहीं किया |"

"नहीं दी, अभी तो शुरू भी नहीं हुआ है ..चीफ गेस्ट के आने का इन्तजार है |"

"परिवार का और कोई नहीं दिख रहा है ...सब आए तो हैं न |"

"हाँ बुआ, अभी सब अन्दर गए हैं | चलिए मैं आपको ले चलता हूँ |"

"अरे नहीं, मैं खुद चली जाऊँगी ..बस तू यह बता दे कि जाना कहाँ से है ?"

लेकिन पम्मी ने एक वोलंटियर को बुलाकर सिम्मी को उसके साथ भेज दिया |

"अच्छा अभि, ऐसा कर जब तू यहाँ पर है तो बुआ की सहायता कर तब तक मैं अन्दर की व्यवस्था देखकर आता हूँ |" परितोष ने कहा |

"ऐज यू विश मामाजी, ---कहकर अभि ने छाती पर हाथ रखकर अदब से सर झुकाया |

सब हंस पड़े और परितोष आगे बढ़ गया |

इधर वोलंटियर के साथ जैसे ही ये अन्दर पहुंचे सामने विशु की बड़ी सी तस्वीर पेंटिंग के रूप में थी |

"अरे विजय, ये अपना विशु है न |" कामिनीजी ने बड़े ध्यान से तस्वीर को देखते हुए पूछा |

"हाँ मम्मी , लेकिन इसकी तस्वीर यहाँ क्यों है ?"

"हाँ, मेरी समझ में भी कुछ नहीं आ रहा है |"-- रमा भी कन्फ्यूज्ड थी |

"अच्छा पापा ....अपने विशु भैया के बाहर का नाम विशेष था न.....अभि ने एक बार मुझे बताया था...... कहीं ये 'विशेष फाउन्डेशन' उन्हीं के नाम पर तो नहीं है " ...सुपर्णा ने बुद्धि लगाईं |

"अरे ये बात तो हमारे दिमाग में ही नहीं आई... सच में सुपर्णा की बात मुझे सही लग रही है |"रमा उसकी ओर गर्व से देखते हुए बोल पड़ी |

"तबतक वोलंटियर दो बार उन्हें आगे चलने के लिए बोल चुका था | वहां से आगे चलकर हॉल में निर्देशित कुर्सियों पर वे बैठ गए पर मन में अनेकों प्रश्न उत्तर की चाह में हिलोरे लेने लगे थे |

अचानक सिम्मी ने सामने आकर उन्हें चौंका दिया |

"अरे, सिम्मी तू..... तू कब आई ....हमें कोई खबर नहीं ....आज हो क्या रहा है ?" कामिनीजी ने उसे देखते ही कहा |

"अभी -अभी ही आ रही हूँ | पम्मी ने बताने से मना किया था और चिंता मत करो आज सब अच्छा ही होगा ....पम्मी आज हम सबको नए रूप में दिखने वाली है |"

"प्रणाम बुआजी,"

"अरे, सुपर्णा तू भी है ,चल आज मैं तेरे पास ही बैठती हूँ |"

कहकर बगल की खाली चेयर पर बैठ गयी | सब बड़े दिनों बाद मिले थे इसलिए आपस में बात करने में मग्न हो गए |

सामने एक स्टेज बना था जिस पर पांच-छः कुर्सियाँ रखीं थीं | स्टेज में दाहिनी तरफ एक पोडियम माइक के साथ था, वहां रूचि खड़ी थी | लगता था प्रोग्राम- संचालन की जिम्मेदारी उसे ही दी गयी थी | स्टेज को भी अच्छी तरह सजाया गया था |

हॉल शहर के गणमान्य अतिथियों से भर चुका था | हॉल के दाहिनी तरफ एक कॉरिडोर था जहां रिबन लगाकर उद्घाटन के लिए तैयार किया गया था |

तभी रूचि ने माइक पर सूचना दी कि मुख्य अतिथि का आगमन हो चुका है | सबने देखा कि मुख्य अतिथि को पम्मी बड़े ही आत्मविश्वास के साथ अन्दर हॉल में लेकर आ रही है और उनके पीछे-पीछे सिद्धि ,नेहा ,परितोष, श्वेता और अभि के साथ अन्य लोग चल रहे थे | प्रेस रिपोर्टर भी उनके साथ थे |

मुख्य अतिथि श्रीमती कुसुम वार्ष्णेय ,बाल विकास और महिला कल्याण राज्य मंत्री ने रिबन काट कर 'विशेष फाउन्डेशन' नामक नयी समाज सेवी संस्था का उद्घाटन किया | तालियों की गडगडाहट से हॉल गूँज उठा |

रूचि ने जिन लोगों को मंच पर आने का आग्रह किया उनमें मुख्य अतिथि श्रीमती वार्ष्णेय ,सिद्धेश्वरी गुप्ता ,दीनदयालजी, मुख्य डोनर कीमत अग्रवाल, दिनेश शर्मा, सुदेश वर्मा के साथ परितोष और प्रेसिडेंट प्रमिला राठौड़ थे |

सबको उन बच्चों द्वारा पुष्प गुच्छ दिलवाकर सम्मानित किया गया जिनका चुनाव संस्था ने रहने के लिए किया था थे | इसके बाद अपने स्वागत भाषण में परितोष ने सबका परिचय देते हुए उनका स्वागत किया | इसके साथ अपनी संस्था के उद्देश्य के बारे में बताया कि उनकी संस्था अनाथ बच्चों के रहने, खाने-पीने के साथ उनकी पढ़ाई का खर्च भी उठाएगी |

उसने यह भी बताया कि इस बार कोरोना महामारी में आस-पास के इलाकों के जो बच्चे अनाथ हो गए थे, उन्हें उनकी संस्था ने ढूँढ़ निकाला है और यह बताते हुए बहुत हर्ष हो रहा है कि उनकी देखभाल के लिए ऐसे लोग आगे आए हैं जिनके परिवार को कोरोना ने निगल लिया है और वे अकेले रह गए हैं | उन्होंने अवैतनिक इस कार्य को करने की इच्छा प्रकट की है |

परितोष की इस सूचना पर लोगों ने तालियाँ बजाईं |

एक सफल समाज सेविका और शिक्षाविद् सिद्धेश्वरी गुप्ता को अध्यक्षीय भाषण के लिए जब रूचि ने आमंत्रित किया तो तालियों द्वारा उनका स्वागत हुआ | सिद्धि ने समाज में समाजसेवी संस्थाओं के महत्त्व पर प्रकाश डालते हुए पम्मी के कार्यों की सराहना की और उसे अपनी तरफ से शुभकामना देते हुए अपने भाषण का अंत किया और जाने लगी |

अब पम्मी से रहा न गया | वह उठकर पोडियम के पास आ गयी और माइक पर बोल उठी --

“बस सिद्धि दी, इतना ही |आपने तो असल बात ही नहीं कही | मुझे आपसे ऐसी आशा नहीं थी |”

“क्या नहीं बोला ? सब तो कहा ...तेरी मेहनत की तारीफ़ की और शुभकामनाएं भी दी |”

“नहीं दी जो बोलना था वो नहीं बोला |”

फिर उसने सबको संबोधित करते हुए आकर कहा –

"यहाँ उपस्थित सभी लोगों को मेरा नमस्कार, मैं बीच में इस तरह से उठकर बोल रही हूँ इसके लिए आप सबसे माफ़ी चाहती हूँ | लेकिन क्या करूं इन्होने इतनी बड़ी गलती कर दी है कि मुझे टोकना पड़ रहा है | सिद्धि दी, वहां क्यों खड़ी हैं? इधर आइए | अभी आपकी बातें सबको बताती हूँ |"

"अब जाने दे न पम्मी ,बात क्यों बढ़ा रही है ?"

हॉल में एकबारगी सन्नाटा सा छा गया | सबको लग रहा था कि ये क्या हो रहा है ?सब जानने को उत्सुक थे | प्रेसवालों के तो कान ही खड़े हो गए थे | वे किसी चटपटे समाचार की आशा में थे | विजय, रमा और कामिनीजी के साथ सिम्मी ,अभि और सुपर्णा भी हैरत में थे कि बुआ को ये क्या हो गया है |

"बहनों और भाइयों. इन्होंने ये तो कह दिया कि प्रमिला ने बड़ी मेहनत की है ,अच्छा कार्य किया है लेकिन आप सबको ये नहीं बताया कि यह जो प्रमिला आपके सामने खड़ी है उसे किसने बनाया | जिस ऊर्जावान प्रमिला को आप देख रहे है, निराशा के अन्धकार से उसे बाहर किसने निकाला ,जीने की राह किसने दिखाई ,दूसरों के लिए जीना किसने सिखाया ..

.सिद्धि दी, मेरे जीवन में इतना बड़ा परिवर्तन लाकर आप उसका श्रेय भी नहीं लेना चाहती हैं ....मेरे मिटटी जैसे जीवन में आप पारस पत्थर बनकर आई और उसे कंचन जैसा निखार दिया |

मैं आप सबको यह बताना चाहती हूँ कि इन्होने ही मुझे यह समझाया कि जीवन एक पेंटिंग की तरह है | जिसमें आशा के साथ रेखाएं खींचें ,गलतियों को ,कमियों को सहनशीलता से मिटायें और बहुत धैर्य के साथ प्यार के रंग में ब्रश को डुबोएं फिर जीवन को प्यार के रंग से रंगे |

मैं तो अपने जीवन में बेटे की क्षति के बाद इतनी टूट गयी थी कि मुझे अपनों के सुख से भी जलन होने लगी थी | यों कहिये मैं नकारात्मकता का प्रतिरूप बन चुकी थी ,चिड़चिड़ी और खरुश | हर छोटी सी बात पर चीखना चिल्लाना ....मुझे लगता था इस दुनिया में मुझसे ज्यादा दुखी कोई नहीं है | लेकिन इन्होने इतनी समझदारी के साथ मुझे वो दुनिया

दिखाई जहां मेरा दुःख तो बौना सा था | तब मेरी आँखें खुली और जीने का रास्ता मिला ,नहीं तो पहले इस जीवन को तो सिर्फ ढो रही थी|

सिद्धि दी , आपने समझाया कि जीवन को अतीत की कैद में नहीं रखना चाहिए |वर्तमान में जीने की कोशिश करनी चाहिए |

सिद्धि दी, आज यहाँ बैठी जनता के समक्ष आपके पैर छूकर आशीर्वाद लेने का मन कर रहा है कि मैं भी आपकी तरह पूरे समर्पण के भाव से इस काम में लग सकूँ |"

--- कहती हुई वह सिद्धि के पैरों को छूने के लिए झुकी लेकिन बीच में ही सिद्धि ने उसे अपनी बाँहों में भर लिया |

दोनों दो मिनट ऐसे ही गले लगीं रहीं | उनकी सुध जनता की तालियों की गडगडाहट से वापस आई | दोनों ने अलग होकर अपनी-अपनी आँखें पोंछीं | सिद्धि अपनी सीट की ओर बढ गयी |

पम्मी ने फिर माइक पकड़ा –

"मैं आप सबसे माफ़ी चाहती हूँ , जरा भावनाओं पर नियंत्रण नहीं रख सकी| मैं प्रमिला राठौड़ आप सबका इस विशेष फाउन्डेशन में हार्दिक स्वागत करती हूँ |लगभग तीन साल पहले मैंने अपने चौबीस वर्षीय बेटे को एक रोड- एक्सीडेंट में खो दिया था | लगा जैसे जिंदगी ही ख़त्म हो गयी |

उसके खोने के दुःख से विक्षिप्त मन को ईश्वर ने ऐसे लोगों का सहारा दिया जिससे वह मन दूसरों के दुःख को महसूस कर उसे कम करने में सहायक बनने की प्रेरणा पा सका | आज उसी बेटे का जन्मदिन है| अपने बेटे विशेष की याद में इस नेक काम को शुरू किया है |आशा है समय-समय पर आप सबसे सहयोग मिलता रहेगा.. धन्यवाद |"

रूचि ने पोडियम के पास आकर माइक बंद कर धीरे से पम्मी से कहा ---

"इस बड़े ही इमोशनल सीन को देखने के बाद पम्मी आंटी, आपसे जो बात मैंने छूपाई थी उसे बताने का मन कर रहा है |"

"रूचि अब तू कौन सा राज खोलने जा रही है न ....

"जी हाँ ,आप सिद्धि आंटी से इत्तफाकन नहीं मिली थी, मैंने उन्हें आपके पास भेजा था |यह अलग बात थी कि आपलोग पूर्व परिचित

निकली |"

लेकिन जबतक वह कुछ जवाब दे उसने माइक ऑन कर मुख्य अतिथि को भाषण के लिए आमंत्रित कर लिया |

मुख्य अतिथि कुसुम वार्ष्णेय ने अपने संक्षिप्त भाषण में कहा –

"सिद्देश्वरीजी और प्रमिला जी की इतनी इमोशनल बातें सुनकर एक बार तो मेरा भी ह्रदय भर आया |यह सब देखकर मैं बस आप सबलोगों को यह भरोसा अवश्य दिला सकती हूँ कि यहाँ बच्चों की देखभाल में कोई कमी नहीं रहेगी | यहाँ बच्चों में हीन भावना नहीं आएगी क्योंकि इस संस्था को चलानेवाले लोग बड़े ही संवेदनशील हैं | मेरी शुभकामनाएं इनके साथ हैं |"

दीनदयालजी ने धन्यवाद ज्ञापन में सबको धन्यवाद देते हुए तीनों डोनर का परिचय देकर उन्हें भी धन्यवाद दिया |

इसके बाद सबलोगों ने जाकर अन्दर की व्यवस्था देखी | बच्चे पहले ही अपने कमरों में पहुँच चुके थे और काफी खुश दिख रहे थे | सारे मेहमानों के लिए प्रांगण में लंच की व्यवस्था थी | सभी को भोजन के लिए आमंत्रित किया गया वहीँ बैठने का भी इंतजाम था |

कामिनी जी की व्याकुलता बढती जा रही थी | वह अपनी बच्ची को गले लगाकर आशीर्वाद देना चाहती थी पर वह तो अपने मेहगानों के साथ व्यस्त थी | वह अपने परिवार के पास मिलने नहीं आ पा रही थी| समय मिलते ही वह अपने सभी मेहमानों को अपने परिवार से मिलाने के लिए हॉल में लेकर आई |

मुख्य अतिथि तो पहले ही जा चुकी थी | पम्मी के साथ सिद्धि और उसका परिवार ,रूचि और उसके माता पिता और पति तथा श्वेता थे | पम्मी के कुछ बोलने के पहले ही कामिनीजीने उठकर उसे गले लगा लिया और कहा –

"बेटा, आज तूने जो कर दिखाया है उसे देख कलेजा जुड़ गया है | तुझे खूब आशीर्वाद देने का मन कर रहा है |"

"तो दो न मम्मी ..उसी की तो जरूरत है पर पहले मेरी मेंटर और मेरे साथियों से तो मिलो |" पम्मी ने कामिनी जी अलग होते कहा|

एक-एक करके वह सबसे मिला ही रही थी कि तभी परितोष वहां कुणाल के साथ आता दिखाई दिया| आते ही उसने मुस्कुराते हुए कहा –

"भई, हमसब के लिए एक खुशखबरी है | ये कुणाल भाई हैं और इन्होंने अभी -अभी 2लाख रुपये डोनेशन में देने की बात मुझसे कही है |"

"अरे कुणाल तुम ! अच्छा लगा सुनकर कि तुम भी इसमें सहयोग के लिए आगे आए हो |" सिद्धि ने उसे देखते ही कहा |

"हाँ सिद्धि जी, विशु तो नहीं रहा.. अब यही सब करके मन को दिलासा दे सकता हूँ |"

"अच्छा पम्मी, तुम्हारे सारे साथियों को अपने यहाँ रात के खाने का निमंत्रण तो दो "– विजय बोल उठे |

"नहीं भैया, आज शाम को ही सब निकल रहे हैं |सिद्धिदी की रात की आठ बजे की फ्लाईट है |रूचि और उसके पति तो अभी ही निकलेंगे अपनी कार से ताकि आठ बजे तक गुडगाँव पहुँच जाए |उनके साथ ही उसके पापा और मम्मी भी निकलेंगे |"

"तो ऐसा करते हैं सब यहाँ से ही घर चलते हैं और वहां कॉफी पीते हैं ....आधे घंटे समय ही आप सबका हम लेंगे | भई, ऐसा कैसे हो सकता है कि इतनी दूर से सब इस काम में शामिल होने आयें और हमारे यहाँ न आए |" कामिनीजीने भी आग्रह किया |

"भाई , अब मम्मी इतने प्यार से कह रही हैं तो कौन मना कर सकता है ? "सिम्मी ने कहा |

उनकी बात कोई टाल न सका | वहीं से सब उनके यहाँ के लिए हो लिए | बारिश की चिपचिपी गर्मी को देखते हुए अभि ने रास्ते में आइसक्रीम भी ले ली |

घर पहुंचकर सुपर्णा और रमा ने कॉफ़ी बनाई | सारा माहौल खुशियों से भरा था |पोजीटिव तरंग ने सबमें नयी ऊर्जा भर दी थी | परिवार में सभी एक अनचाही घुटन से मुक्त हो चुके थे और मुक्त हास में सम्मिलित हो जीवन को नए नजरिये से देख पा रहे थे |

24 जुलाई का वह दिन सबके लिए एक यादगार दिन बन कर रह गया |

कुछ दिल की ....

हमारी इस कहानी की नायिका प्रमिला ने एन जी ओ तो खोल लिया लेकिन आगे अनेक चुनौतियां थीं| वह अब हिम्मत हारने वालों में से नहीं थी | धीरे-धीरे उसकी कोशिशें रंग लाने लगी और काम जमने लगा | शहर में उसकी संस्था ने अपनी साख जमा ली थी | कुछ समय बाद उसने वहां अलग से एक मनोवैज्ञानिक काउंसलिंग के कार्य की भी शुरुआत कर दी थी | अब इतने दिनों में इतनी सक्षम हो गयी थी कि भटके निराश मन को जीवन के मायने बताकर आशा का रास्ता सुझा सकती थी |

मेरे उपन्यास की नायिका 'प्रमिला' ने तो अपने जीवन को नए रास्ते पर मोड़ लिया लेकिन उन सारी प्रमिलाओं का क्या जो हमारे आस-पास ,हमारे घर में माँ, बहन, बेटी के रूप में मौजूद हैं |ये अभी भी उसी नकारात्मकता के झूले में झूल रही हैं क्योंकि इनके जीवन में किसी सिद्धेश्वरी गुप्ता या रूचि का प्रवेश नहीं हुआ |

ये 'प्रमिलाएं' स्वयं से जूझती हुई ,अपनों के बीच अपनों से लडती हुई ,समाज की गलत सोच के कारण अन्दर ही अन्दर घुटती हुई ,हताशा के घने कोहरे के बीच मार्ग तलाशने की कोशिश में अंत में इसी को जीवन का सत्य स्वीकारते हुए हथियार डाल देती हैं |

कई बार हमें यह भी देखने को मिलता है कि कोई सिद्धेश्वरी या रूचि इन्हें मिल भी जाती हैं तो हताशा और निराशा ने उन्हें इस कदर तोड़ रखा होता है कि ये आगे बढ़ने का साहस भी नहीं कर पाती हैं और उसी धुंध में अपनी अस्मिता,अपनी पहचान को खो देती हैं |

जिस चरित्र से प्रेरित होकर मैंने 'प्रमिला' नामक पात्र को गढा है उसका जीवन अभी भी बिखराव में है | 'प्रमिला' उपन्यास का पहला भाग उसके जीवन के उतार-चढ़ाव की गुत्थियों से पैदा हुई नकारात्मकता को दिखाने की कोशिश थी | सत्य घटनाओं को मैंने बस काल्पनिकता का जामा पहनाया है | पात्रों के नाम ,काम ,जगह आदि बस बदल गए हैं |

कुछ लोगों ने इसे पढने के बाद मुझसे यह प्रश्न भी किया है कि किसी का जीवन इतनी नकारात्मकता से भरा कैसे हो सकता है ?

यही उनको मेरा जवाब है कि जिसके साथ इतना कुछ गलत घट जाएगा तो उसकी ऐसी ही हालत हो जाएगी | मेरे सामने तो साक्षात मिसाल है | जिस स्त्री की कहानी मैंने लिखी है आज चार साल होने को आए हैं वह अभी तक अपने को ,अपनी जिंदगी को वापस पटरी पर नहीं ला पायी है |

'प्रमिला' का दूसरा भाग लिखने के पीछे मेरी यही मंशा रही कि ऐसी प्रमिलायें भी एक नयी सोच के साथ अपनी जिंदगी को एक नया मोड़ दे सकती हैं ,जिंदगी को सार्थकता प्रदान कर सकती हैं |

नकारात्मकता (नेगिटीविटी) से सकारात्मकता (पोजिटीविटी) का यह सफ़र थोडा लम्बा अवश्य हो गया है | इसकी भी वजह है कि किसी में भी यह परिवर्तन अचानक नहीं आ सकता, उस घनीभूत पीड़ा को पिघलने में वक्त लगता है | मन के अन्दर जमी निराशा की मैल अगर खुरच कर साफ़ करने की कोशिश करेंगे तो मन घायल हो सकता है और परिणाम खरोंच रूपी घाव के रूप में विपरीत भी मिल सकता है |

एक नम्र निवेदन -----

आपसे एक अनुरोध है कि अगर आपके आस पास ऐसी कोई 'प्रमिला' दिख जाती है या मिलती है तो एक प्रयास सिद्धेश्वरी या रूचि जैसा जरुर करें | क्या पता आपका एक छोटा सा प्रयास उनकी जिंदगी के अँधेरे को आशा की रोशनी से भर दे |

एक सकारात्मक सोच इतनी शक्तिशाली होती है कि पूरी कायनात बदल सकती है |

****

यह उपन्यास कैसा लगा?

अपनी प्रतिक्रिया से अवश्य अवगत कराएं।

My email id -- renuprasad361@gmail.com

My amazon author page – https://www.amazon.in/RenuPrasad/e/B0989ZQ849%3Fref=dbs_a_mng_rwt_scns_share

My medium page – https://www/medium.com/@renuprasad361

My facebook page-- https://www.facebook.com/renu361

www.ingramcontent.com/pod-product-compliance
Lightning Source LLC
LaVergne TN
LVHW040443051026
849517LV00002B/725
9798888833735